Kräutergarten

GRÜNE OASE

Sonderausgabe

Text: Wolfgang Grosser (S. 6–9, 11–22, 24–27, 29–72), Peter Himmelhuber (S. 74–79)
Titelabbildungen: fotolia.com/NiDerLander (o.), fotolia.com/Stefan Thiermayer (u. 1.v.l.),
pixelio.de/Stella (u. 2.v.l.), fotolia.com/Lianem (u. 3.v.l.)
Typografischer Entwurf: Bettina Weisl

ISBN 978-3-8174-6863-8
5168631

Planung und Gestaltung 5

Planungskriterien für die Standortwahl 6
Pflanzenkombinationen 8
Spezial: Würzige Ideen 10
Gestaltungsvorschläge 11
Formen und Farben 16

Anlage und Vorarbeiten 17

Die wichtigsten Gartengeräte 18
Gartengeräte einwintern 21
Bodenbeschaffenheit prüfen und verbessern 22
Spezial: Naturkosmetik mit Kräutern 23
Beeteinteilung 27
Spezial: Verschenken und Dekorieren 28
Kleines Kräuterbeet anlegen 29
Kräuterspirale – Schritt für Schritt 30

Pflegearbeiten 31

Was beim Kauf zu beachten ist 32
Pflege und Ernte 34
Kräuter vermehren 37
Kräuter überwintern 39
Schädlingsbekämpfung 40

Pflanzenkunde von A–Z 44

Gewürz- und Küchenkräuter 45
Heilkräuter 65

Gartenkalender 73

Der Garten rund ums Jahr 74
Material- und Werkzeugliste 79

Register 80

Planung und Gestaltung

Planungskriterien für die Standortwahl

Am Anfang jedes Vorhabens steht die gründliche Planung. Wo soll der Kräutergarten seinen Platz finden? Wie ist der Boden dort beschaffen und welche Pflanzen sind dafür geeignet? Welche Gartengeräte werden benötigt?

Lesen Sie in Ruhe das folgende Kapitel durch und fertigen Sie danach eine Liste der gewünschten Kräuter an (vgl. dazu auch „Pflanzenkunde von A–Z“, ab Seite 44). Am besten gehen Sie anschließend, mit einer stabilen Schreibunterlage und einem Blatt Papier und Bleistift ausgerüstet, in den Garten und zeichnen sich die möglichen Standorte auf. Grenzen Sie gleich vor Ort die Flächen ab und berücksichtigen Sie auch Reserveflächen zum Nachpflanzen. Ein Kräutergarten entwickelt sich mit der Zeit, und rasch ist dann der Platz zu klein.

Kräuter benötigen viel Sonne und Licht. Deshalb ist ein Standort, der von der Mittagssonne beschienen wird, ideal. Zugluft schadet den Kräutern. Der Boden sollte durchlässig sein und keine Staunässe aufweisen. Um später keine zu lange Wegstrecke zwischen Küche und Kräuterbeet zu haben, sollte der Standort in Hausnähe liegen. Dies sind die Grundvoraussetzungen, die Sie beachten sollten.

Welche Pflanze sich für den jeweiligen Standort eignet, hängt von den Ansprüchen ab, die sie an Licht, Luft, Wasser und Boden stellt. Das Kapitel „Pflanzenkunde von A–Z“ ab Seite 44 liefert Ihnen hierzu Detailinformationen.
Um vorab jedoch schon zu wissen, welche Kräuter für welche Böden geeignet sind, werden hier einige Kräuter und ihre Bodenansprüche vorgestellt.

Kräuter für humosen, durchlässigen Boden

Die Mehrzahl der Kräuter gedeiht problemlos auf humosem, durchlässigem Boden. Sie können hier fast alle Arten pflanzen. Im Kapitel „Planung und Gestaltung“ ab S. 5 finden Sie Tipps zu Pflanzenkombinationen und Gestaltungsvorschläge.

Kräuter für sandige und magere Böden

Oftmals ist der Boden jedoch sandig und mager, besonders dort, wo er mit Erdreich aufgefüllt wurde oder sich Bauschutt im Boden befindet. Wem die Bodenverbesserung zu mühselig erscheint, der kann dennoch etliche Kräuter wie etwa Oregano, Salbei, Lavendel, Bohnenkraut, Kamille, Johanniskraut oder Pimpinelle anpflanzen.

Kräuter für feuchte Standorte

Feuchtstandorte sind im Garten eher selten. Selbst staunasse Bereiche auf dichtem Lehmuntergrund trocknen bei regenarmen Wärmeperioden aus und müssen im Sommer sogar gegossen werden. Lediglich rieselfeuchte Standorte an Hangquellen oder Bachläufen und hoher Grundwasserstand führen zu anhaltender Bodenfeuchte. Ebenso selten wie ausgesprochene Feuchtstandorte sind Kräuter, die dies vertragen. Dauerhaft nasse Füße vertragen Brunnenkresse, Baldrian und Beinwell. In Gegenden mit hohen Niederschlagsraten und wenig durchlässigen Böden ist der Boden häufig frisch bis wechselfeucht. Viele Kräuter, deren Herkunft in heimischen Breiten liegt, bevorzugen diese Böden. Die meisten südländischen Arten sind dagegen mehr an Trockenheit gewöhnt. Falls Sie den Aufwand für Drainage und Entwässerung scheuen, sind Sie gut bedient, auf diese heimischen Kräuter zurückzugreifen. Für ein Kräuterbeet auf frisch-feuchten Böden eignen sich Kerbel, Dill, Ringelblume, Schnittlauch, Kresse, Kümmel, Barbarakraut und, etwas abseits, Baldrian, Beinwell und Walderdbeere.

Für die Lage ist auch die Form des Pflanzbeetes entscheidend. Kräuter können in Reihe gepflanzt dekorativ wirken. Das hat den Vorteil, dass Sie zur Pflege und zum Ernten leicht an Ihre Kräuter herankommen können. Ein idealer Platz ist beispielsweise direkt an der Terrasse oder am Weg. Zu überlegen wäre ebenfalls, ob Sie einen kleinen Teil von

Der richtige Standort

Kräuter gedeihen im Schatten sowie in Zugluft schlecht. Auch staunasser, verdichteter oder stark lehmiger Boden ist ungeeignet. Um sich später die nötige Bodenverbesserungsarbeit zu sparen, sollten Sie bei der Planung von folgenden Kriterien ausgehen:

- sonnige Lage,
- windgeschützt,
- durchlässiger Boden,
- gute Erreichbarkeit,
- Breite max. 1,2 m, beidseits zugänglich; Breite max. 0,7 m, einseitig zugänglich,
- Wasseranschluss in der Nähe.

Ihrem Rasen für den Kräutergarten abtreten wollen. Auch der Platz direkt am Gemüsegarten würde sich eignen.
Formen wie z. B. Spiralen oder ein Rondell sind Möglichkeiten, die darüber hinaus gestalterische Akzente setzen. Macht man einen Gedankenspaziergang durch den Garten, ergeben sich sicherlich viele Möglichkeiten für die Anlage eines nützlichen und auch dekorativen Kräutergartens.

Pflanzenkombinationen

Sie sollten die Kräuter der Größe nach kombinieren:

- im Vordergrund, also als Randbepflanzung, die kleineren Arten, z. B. Basilikum, Kerbel, Kresse, Petersilie, Schnittlauch, Melisse, Ringelblume.
- Im Mittelpunkt die großwüchsigen Kräuter, also Borretsch, Dill, Knoblauch, Oregano etc.

Diese Anordnung ist für das Wachstum der Kräuter immer günstig, außerdem eignet sie sich auch für Schnellentschlossene.

Mischkulturen

Die Nachteile der Monokultur sind hinlänglich bekannt. Dadurch entstehen optimale Voraussetzungen für die Massenvermehrung von Krankheiten und Schädlingen. Der Boden wird einseitig ausgezehrt und reichert sich mit Ausscheidungsstoffen der Wurzeln an. In der Natur existieren solche Einartbestände nicht; sie hätten auch keine Überlebenschance, denn nur die Artenvielfalt bringt Stabilität. Wachstumshemmende und wachstumsfördernde Stoffe im Boden führen zu einer natürlichen Vergesellschaftung von Arten, die zueinander passen. (vgl. Tabelle „Gute Nachbarn/Schlechte Nachbarn“, Seite 42).

Der Grundsatz, dass die Artenvielfalt im Garten ein Stück Natur bedeutet, sollte für jeden Gärtner ein Ziel sein. Mischkulturen sind vielfach uralte Erfahrungswerte aus den Bauerngärten, die heute mehr und mehr verloren gegangen sind. Vieles lässt sich nicht wissenschaftlich erklären und funktioniert, wenn auch nicht ganz präzise, trotzdem. So kann man nur empfehlen, in Gemüsegärten die alte Kultur der Zwischen- und Unterpflanzung mit Kräutern zu praktizieren. In der Fruchtfolge eignen sich dazu natürlich auch besonders ein- und zweijährige Arten.

Kräuterwiese

Ein weiteres Beispiel für die Mischkultur ist die Kräuterwiese. Hier können sich Kräuter über Jahre hinweg entwickeln. An den Eingriff durch den Menschen, z. B. durch Mahd oder Tritt, muss sich die Artengemeinschaft anpassen. Jede Kräuterwiese wird sich dadurch anders entwickeln; ein pflegeleichtes Experimentierfeld für den interessierten Gärtner entsteht.

Der Rasen stellt noch immer die Hauptfläche in den Gärten dar. Das angenehm beruhigende Grün des dichten Teppichs sorgt für einen entspannenden Anblick. Der Rasen ist begehbar und stellt außerdem eine Fläche zum Spielen dar. Deshalb sind Gärten sicherlich mit gutem Grund so reich mit einer Rasenfläche versehen. Doch abseits liegende Bereiche im Garten, etwa am Rande zu Gehölzen oder auf Böschungen, mit Rasen zu begrünen, ist nicht sinnvoll. Randstreifen oder wenig begangene Flächen eignen sich ebenfalls zur Umgestaltung. Partielle Kräuterwiesen schaffen hier eine blühende und gleichzeitig pflegeleichte Natur.

Der Nutzen liegt auf der Hand: Kräuterreiche Wiesen müssen nur zwei- bis dreimal jährlich gemäht werden. Düngen ist überflüssig. Schmetterlinge, Hummeln, bunte Blüten und farbenfrohes Grün lassen den Garten aufleben, zudem sind Kräuter noch als Gewürzpflanzen nützlich.

Für die Kräuterwiese eignen sich u. a. Borretsch, Dill, Kerbel, Oregano, Schnittlauch, Kamille, Malve, Pfefferminze, Ringelblume, Beifuß, Gänseblümchen, Johanniskraut, Kümmel, Rainfarn, Pimpinelle, Schafgarbe, Sauerampfer.

Pflanzen, die man im Zaum halten muss

Wuchernde Kräuter passen nicht in gemischte Beete, sie gehören an den Rand. Ideal ist ein Betonsockel am Zaun oder eingefasst am Wegrand. Der Wurzelschutz sollte ungefähr 40 cm tief sein. Grenzt an die Fläche Rasen, reichen die Kantensteine als Barriere aus. Falls keine derart gesicherte Stelle im Garten vorhanden ist, graben Sie einfach zwei Spaten tief ab. Dann stellen Sie kurze Bretter aus Eichen-, Lärchen- oder Robinienholz senkrecht in den Boden und sägen diese nach dem Auffüllen ebenerdig ab. Die so entstandenen Parzellen sind wirkungsvoll und auf Jahre hinaus stabil.

Würzige Ideen

Kräuter verfeinern das Aroma der Speisen und fördern damit deren Bekömmlichkeit, sie helfen Kochsalz zu sparen und werten die einzelnen Gerichte mit ihren wertvollen Wirkstoffen auf. Man kann sie entweder frisch den Mahlzeiten zusetzen oder aber in Form von Kräuteressig und Kräuteröl als Würzmittel nutzen.

Estragonessig

Zutaten: Frische Estragonblätter, Schale von 1/2 unbehandelten Zitrone, 2 Nelken, Weißweinessig

Zubereitung: Ein Einmachglas von 1 Liter Inhalt locker mit frischen Estragonzweigen und -blättern auffüllen. Die Zitronenschale und die Nelken hinzufügen und mit Essig auffüllen. Gut verschließen und zwei Wochen an einem sonnigen Platz stehen lassen. Den Sud abseihen, die Blätter gut ausdrücken, durch einen Filter in kleine Flaschen füllen und gut verschließen.

Wiesenknopfessig

Zutaten: 1/2 Liter Weißweinessig, 1/2 Liter trockener Weißwein, 1 Tasse frische gehackte Wiesenknopfblätter, 1 EL gehackte Zwiebel, ein paar Blätter Zitronenmelisse

Zubereitung: Alle Zutaten vermengen, aufkochen und 30 Minuten auf dem Herd köcheln lassen. Durch Filterpapier gießen, in sterilisierte Flaschen füllen und verkorken. Zwei Wochen stehen lassen. In kleine Flaschen je ein paar Wiesenknopfstängel stecken, den Essig darübergießen, verschließen.

Kräuter in Öl

Zutaten: 1 Bund frische Kräuter (z. B. Dill, Liebstöckel, Petersilie, Basilikum), 2 TL Salz, kalt gepresstes Öl zum Auffüllen (z. B. Sonnenblumenöl, Maiskeimöl, Olivenöl)

Zubereitung: Die Kräuter waschen, trocken schütteln und trocken tupfen. Die Blättchen abzupfen und sehr fein hacken. Kräuter und Salz abwechselnd in ein hohes Glas füllen. Die Kräuter immer wieder mit einem Löffel fest an den Boden drücken. Mit so viel Öl auffüllen, bis die Kräuter gänzlich bedeckt sind.

Praktisch für diese Zubereitung sind kleine, aber hohe Twist-off-Gläser, z. B. von Kapern oder Oliven. Kräuter in Öl sind eine hervorragende Würze für Salate und Gemüsegerichte. Mit Salz sparsam umgehen.

Gestaltungsvorschläge

Kräuterspirale

Gerade in den letzten Jahren hat sich dieses Stilelement der Gartenkunst in unterschiedlichster Form weit verbreitet. Das Grundgerüst bildet dabei die Schneckenform. Die Spirale mit dem höchsten Punkt in der Mitte erleichtert das Ernten und schafft unterschiedliche Wachstumsbedingungen. Im Zentrum, also am Gipfel der Spirale, ist der Boden am trockensten. An diesem exponierten Standort gedeihen so sonnenhungrige Kräuter wie Bohnenkraut, Winterbohnenkraut, Oregano, Salbei und Kamille. In den abfallenden Bereichen der Spirale wird der Boden immer nährstoffreicher sowie feuchter, und der Standort geschützter. Auf halber Höhe wachsen Lavendel, Rosmarin, Thymian, Melisse und Pimpinelle. Am Fuß haben Ringelblume, Schnittsellerie, Kerbel, Borretsch, Basilikum und Schnittlauch ihren Platz. Pflanzen Sie keine hohen Kräuter wie Dill, Barbarakraut oder Beinwell in die Schnecke, da sonst die Struktur zu unübersichtlich wird. Eine ausführliche Schritt-für-Schritt-Anleitung ist auf Seite 30 dargestellt.

Kräuterschachbrett

Kräutergärten sollen gut zugänglich sein. Die Abgrenzung der Kräuter mit Trittsteinen oder Platten erlaubt zudem den einzelnen

Arten, sich frei zu entfalten. Dies kann unregelmäßig oder, wie im Schachbrett, regelmäßig sein. Auch ist die Ansaat und Aufzucht in diesen Minibeeten praktisch.

Das Kräuterschachbrett ist übersichtlich geordnet. Die Anlage der Kräuter kann nach verschiedenen Gesichtspunkten erfolgen. Empfehlenswert ist, Einjährige am Rand anzusäen und diese Flächen jedes Jahr zu wechseln. Auch Größe und Blütenfarbe lassen sich kombinieren. Natürlich muss das Pflanzbeet den Anforderungen der Kräuter entsprechen. Man kann gezielt Dünger, Kalk, Sand oder Lehm einarbeiten. Die Form des Schachbrettmusters kann sich den Gegebenheiten vor Ort anpassen. Quadrat, Rechteck, Nierenform, Eiform oder auch Streifen sind möglich. Für das Verlegen der Platten und Trittsteine wird der Boden lediglich soweit abgegraben und leicht gestampft, dass die Platten später bündig mit der Oberkante abschließen.

Kräuterrondell

Das Rondell kommt in seiner Form gegliederten Kloster- und Bauerngärten sehr nahe. Gliedern Sie die Segmente mit schmalen Buchsreihen oder Graniteinzeilern ab. Ist der Durchmesser des Rondells größer als 1,5 m, empfiehlt es sich, einzelne Segmente mit Kies oder Splitt zu bedecken. Die Ernte und Pflege ist dann leichter.

Große Rondells besitzen einen Mittelpunkt. Hier kann der Wassertrog, dekorative Rosenstämmchen oder auch ein großer Stein als Sitzgelegenheit Platz finden. Diese Rondellform eignet sich auch an Wegkreuzungen oder als Dreiviertelsegment an Außenkanten der Terrasse.

Je nach Größe des Rondells werden die Kräuter in Kreisbahnen angeordnet, und zwar wie folgt:
Zum Zentrum hin finden sich Pflanzen, die 60 cm oder höher werden, beispielsweise Borretsch, Dill, Estragon, Ysop, Malve, Barbarakraut.
In die Außenbahn pflanzt man kleinwüchsigere Kräuter wie Petersilie, Walderdbeere, Melisse, Gänseblümchen, Schnittlauch, Kresse, Oregano, Thymian und Majoran.
Wuchernde Arten wie beispielsweise Pfefferminze, Beifuß oder Beinwell grenzt man im Wurzelbereich ein.

Kräuter am Zaun

Die Bepflanzung am Zaun grenzt den Garten zum Nachbarn ab. Hier hinterlässt man sozusagen seine Visitenkarte durch den Stil des Grüns. Wachsen Blütenstiele oder rankende Pflanzen wie Kapuzinerkresse durch die Lücken, ergibt sich für den Vorbeigehenden ein schönes Bild. Wählen Sie auch attraktive Blüher und Duftpflanzen aus. Sofern Sockel und Rasenkante oder Weg bereits vorhanden sind, bietet sich dieser Standort auch für wuchernde Arten an. Um möglichen Ärger mit dem Nachbarn zu vermeiden, sollten Sie an der Grundstücksgrenze eine Wurzelsperre bauen.

Kräuter am Weg

Wegränder, besonders im Eingangsbereich, sind repräsentative Gartenbereiche und können den Besucher willkommen heißen. Hier attraktive Blüher und besonders Duftkräuter anzusiedeln, erfreut auch das eigene Herz.

Wege im Garten selbst sind allerdings besser mit Rasen einzufassen; leicht kommt man hier einen Schritt vom Weg ab, dann würde man auf empfindliche Kräuter treten. Als Vorpflanzung direkt am Weg kann hier auch eine Reihe Gänseblümchen, Kamille, Ringelblumen oder Schafgarbe dienen. Der gelegentliche Tritt schadet diesen Kräutern wenig, und die Blüten zeigen sich während der ganzen Vegetationsperiode. In zweiter Reihe stehen dann Duftpflanzen wie Salbei, Thymian, Lavendel, Oregano, Zitronenmelisse und Pfefferminze.

Kräuter an der Trockenmauer und im Steingarten

Eine Trockenmauer bietet sowohl am Fuß, in Lücken, als auch an der Oberkante exponierte und oft trockene Standorte. Mit wenig Erdreich, Sand oder Steinen kommen vor allem viele mediterrane Heil- und Gewürzkräuter zurecht. Aber auch einheimische Arten gedeihen auf trocken-mageren Böden. Wichtig ist allerdings viel Wärme und Sonne, da die meisten dieser Kräuter ihre Energie weniger aus dem Boden als aus Luft und Licht gewinnen.

Kräuter an der Terrasse

Der Rand der Terrasse ist der ideale Platz für eine Reihe von Kräutern. Leichte Erreichbarkeit und die Nähe zur Küche sind praktische Vorteile, die man später nicht mehr missen möchte. Gerade im Sommer, wenn viele Arten am meisten Pflege benötigen, wird man kurze Wege zu schätzen wissen. Außerdem ist die Terrasse als Übergang vom Wohnraum zum Garten ein Ort der Entspannung, an dem der Duft von Kräutern besonders genossen werden kann.

Da Terrassen in der Regel nach Süden ausgerichtet und daher sehr sonnig sind, ist dieser Standort für Kräuter ideal. Sie können kleine Kräuterparadiese schaffen, indem Sie die Kräuter in Reihen, als Segment oder als Ron-

Bepflanzung am Zaun

Geeignete Kräuter sind Borretsch, Dill, Estragon, Liebstöckel, Ysop, Rosmarin, Salbei, Kapuzinerkresse, Lavendel, Malve, Ringelblumen, Barbarakraut, Beifuß oder Beinwell. Mit ein paar Handvoll Kompost gedüngt, gedeihen auch Rosmarin, Thymian, Ysop, Estragon und Barbarakraut an diesem Standort.

dell pflanzen. Da auch die Kleinen diesen Ort lieben, kann man sogar spezielle Kräutergärten für Kinder anlegen.

Für den Kräutergarten an der Terrasse sind besonders geeignet: Basilikum, Dill, Estragon, Majoran, Oregano, Rosmarin, Salbei, Thymian, Kamille, Lavendel, Melisse, Ringelblume, Johanniskraut, Malve, Ysop, Borretsch, Liebstöckel (einzeln stehend).

Kräutergarten für Kinder

Kinder lieben den Geschmack vieler Kräuter. Sie lernen dadurch rasch die Arten zu unterscheiden. Auch die Entwicklung und das Wachstum der Pflanzen lassen sich besonders mit Kräutern anschaulich darstellen. Bereits im zeitigen Frühjahr kann man damit beginnen; 1 m^2 Fläche an der Terrasse reicht für den Kräutergarten leicht aus. Wichtig ist, dass die Kleinen durch ihren Garten gehen können. Sie sollten daher nicht zu dicht pflanzen und Trittsteine verlegen. Hierfür besonders interessante Pflanzen sind im Folgenden aufgeführt:

Kresse: Innerhalb weniger Tage keimt Kresse und begrünt, dicht gesät, teppichartig den Boden. So kann man verschiedene Figuren wie Katze, Vogel, Sonne und vieles mehr zeichnen. Lassen Sie dem Kind Spielraum für eigene Gestaltungsvorschläge und arbeiten Sie eventuell nach. So identifizieren sich die Kleinen rasch mit dem Geschaffenen und ihr Interesse ist geweckt. Wenn Sie einen Teil des Samens mit einem Brettchen zudecken, lernen die Kinder beispielsweise, dass zum Wachstum Licht nötig ist.

Löwenzahn: Löwenzahn wird nach dem Auflaufen der Pflänzchen ebenfalls mit einem Stück Holz abgedeckt. Die Blätter bleiben dadurch hellgelb und zart, wachsen aber dennoch. Kindern macht es Spaß, unter das Brettchen zu sehen und so, behütet und geborgen, die Pflänzchen zu beobachten. Einen Teil des Löwenzahns kann man abschneiden und daraus frischen Salat zubereiten. Nach einiger Zeit entfernt man das Holz und lässt den Löwenzahn auswachsen. Aus den Stängeln kann man Ketten basteln. In zwei Hälften geteilt und in ein Glas Wasser gegeben,

Name	Größe bis 25 cm	Größe bis 60 cm	Größe über 60 cm
Baldrian			■
Barbarakraut			■
Basilikum		■	
Beifuß			■
Beinwell			■
Borretsch			■
Brennnessel			■
Dill			■
Estragon			■
Gänseblümchen	■		
Johanniskraut		■	
Kamille		■	
Kapuzinerkresse			■
Kerbel		■	
Knoblauch		■	
Kresse		■	
Kümmel		■	
Lavendel			■
Liebstöckel			■
Löwenzahn		■	
Majoran		■	
Malve			■
Melisse		■	
Oregano		■	■
Petersilie	■		
Pfefferminze			■
Pimpinelle		■	
Rainfarn			■
Ringelblume		■	
Rosmarin		■	
Salbei		■	
Sauerampfer		■	
Schafgarbe		■	
Schnittlauch		■	
Thymian		■	
Walderdbeere	■		
Ysop			■

ringeln sich die Blütenstiele sofort ein. Pflanzen können sich auch bewegen!

Gänseblümchen: Fast das ganze Jahr über bilden Gänseblümchen ihre attraktiven, kleinen Blüten aus. Den ersten Miniblumenstrauß aus dem Garten ernten Kinder oft schon im Februar. Tagsüber richten sich die kleinen Blütenköpfchen nach dem Lauf der Sonne aus. Am Morgen öffnen sich die Blüten, abends schließen sie sich wieder. Dadurch lernen Kinder die Bewegungsfähigkeit der Pflanzen kennen.
Außerdem können Sie Ihren Kindern zeigen, dass Pflanzen heilen können: Kleine Stoßverletzungen behandeln Sie, indem Sie ein Blättchen zerreiben und auf die wachsende Beule legen. Gänseblümchen wirken kühlend und schmerzlindernd.

Kamille, Zitronenmelisse: Der feine Duft beim Zerreiben der zarten Blätter und der Geschmack auf der Zunge macht diese Kräuter unwiderstehlich. Sowohl getrocknet als auch frisch lassen sich daraus die beliebten Tees zubereiten.

Petersilie: Das kleine, krause Gewürz keimt erst nach vielen Wochen. Das bedeutet, dass Kinder viel Geduld aufbringen und lange gießen müssen, um das beliebte Gewürz sprießen zu sehen.

Kräuter am Fuß von Gehölzen

Am Fuß von Obstbäumen oder einzeln stehenden Ziersträuchern sehen Kräuter dekorativ aus, sie sind aber auch von Nutzen. In kleinen Gruppen schützen z. B. Lavendel und Salbei empfindliche Stockbereiche von Waldrebe oder Wein. Selbst auf sonst freien Baumscheiben an Apfel oder Birne kann man zur Bodenverbesserung Ringelblumen ansäen, die Nematoden vertreiben. Kapuzinerkresse lockt von Obstgehölzen und Beerenobst-Hochstämmchen Blattläuse weg. Lavendel schützt Rosen vor Blattläusen, Knoblauch vertreibt Wühlmäuse. Es gibt also viele dienliche Kombinationen, aber erreicht wird vor allem ein angenehmer, abwechslungsreicher Anblick. Der Garten wird damit struktur- und artenreicher.

Formen und Farben

Werden Kräuter in Gruppen gepflanzt, können kleinwüchsige Arten überwuchert werden. Die gestufte Anlage ist daher von besonderer Bedeutung (vgl. Tabelle auf S. 15).

Gestalten mit Farbe

Viele Kräuter zeigen attraktive Blüten und Blütenstände. Auch hier kann man gestalterisch kreativ werden. Entsprechend der Wuchshöhe ausgewählt, lassen sich kleinere, farbenfrohe Arrangements bilden.

Beispiel für ein farblich dekoratives Kräuterbeet auf Sandboden:

- an den Rand: Oregano, Salbei, Lavendel, Thymian
- in die Mitte: Ysop, Malve, Barbarakraut

Anlage und Vorarbeiten

Die wichtigsten Gartengeräte

Beim Kauf von Gartengeräten hat die Zweckmäßigkeit Vorrang. Benutzt man Geräte wie Spaten oder Grabgabel regelmäßig, so ist die Qualität ausschlaggebend. Hier sollten Sie zu den etwas teureren Modellen greifen, da sich langfristig die Haltbarkeit auszahlt. Edelstahl beispielsweise rostet nicht und gleitet durch seine glatte Oberfläche besser in den Boden. Die Griffe sollten stabil sein und gut in der Hand liegen. Den Stiel wählen Sie entsprechend Ihrer Körpergröße aus.

Bei Scheren, Messern oder kleineren Gartengeräten sollten Sie darauf achten, dass die beweglichen Teile auswechselbar sind. Als Grundregel gilt: Je öfter Sie die Geräte benötigen, desto hochwertiger sollten sie sein.

Gießkannen

Es ist empfehlenswert, Gießkannen in mehreren Größen (2,5, 5 und 10 l) zu besitzen. Wählen Sie ein leichtes Modell mit umlaufendem Henkel. Das Sieb sollte einfach zu entfernen sein, da es des Öfteren gereinigt werden muss.

Spaten

Das Blatt sollte einen umgebogenen Auftritt besitzen, damit der Spaten leichter in die Erde getreten werden kann. Ist das Blatt aus Edelstahl oder beschichtet, lässt es sich einfacher reinigen und haftet auch nicht an lehmigem Erdreich. Die Mindestlänge des Stiels sollte 70 cm betragen. Sind Sie größer als 1,70 m, sollten Sie einen längeren Stiel wählen. Der Griff darf nicht wackeln und ist somit am besten als T-Griff fest mit dem Stiel verdübelt.

Holzrechen

Der Vorteil des Holzrechens ist sein geringes Gewicht. Er lässt sich leichter über die Erde schwingen und wird besonders bei der Einebnung von Saatbeeten und der Ansaat verwendet. Zum Aufnehmen von Laub oder Gras eignet er sich weniger. Harkenbreiten sind bis zu 1 m erhältlich. Die Benutzbarkeit ist allerdings bei Breitrechen erschwert. Zwölf Holzzinken sollten das Minimum sein.

Grabgabeln

Schwere Böden lassen sich damit leichter als mit dem Spaten bearbeiten. Auch das Herausnehmen von Pflanzen aus dem Boden gelingt mit der Grabgabel besser. Da die Grabgabel oft als Hebel dient, ist ein stabiler Schaft besonders wichtig. Ansonsten gilt hier das Gleiche wie für den Spaten.

Gartenschere zweischneidig

Weniger stabile Formen sind meist kostengünstiger und reichen für das Schneiden von Rosen oder Kräutern völlig aus. Mit etwas teureren Modellen lassen sich zusätzlich verholzte Teile bis zu 1 cm Dicke abzwicken. Klingen, Federn und Verschluss sollten auswechselbar sein.

Gartenschere einschneidig

Dieser Scherentyp, auch Ambossschere genannt, besitzt eine bessere Schnittkraft. Zweige an Gehölzen und Kräuter werden jedoch durch die einseitige Auflage gequetscht. Auf die Schärfe ist hier besonders zu achten.

Gartenmesser

Eine Vielzahl unterschiedlicher Gärtnermesser ist auf dem Markt. Die Anwendung entscheidet hier über die Form. Zum Schneiden von Stecklingen genügt das Allzweckgartenmesser mit einer gehärteten, nicht gebogenen 10 cm langen Edelstahlklinge. Gebogene Messer oder

Klingen mit vorspringenden Teilen werden für spezielle Anwendungen z. B. dem Veredeln von Obst- und Ziergehölzen, eingesetzt.

Pflanzholz

Man sollte stets Pflanzhölzer mit verschiedenen Durchmessern besitzen. Dünne, bleistiftförmige Pflanzhölzer verwendet man zum Pikieren oder zum Einpflanzen von Stecklingen. Dickere Hölzer und Pflanzkeile benutzt man bei Jungpflanzen oder zum Setzen von Zwiebeln.

Gartenschnur

Die Gartenschnur ist nützlich beim Anlegen von Reihenbeeten oder Wegen. Sie sollte mit beiden Enden an Hölzern befestigt sein, die man zum Spannen in den Boden stecken kann. Erhältlich auch mit einer sehr zweckmäßigen Längenunterteilung.

Gartenhandschuhe

Gartenhandschuhe halten nicht nur die Hände sauber, sondern schützen auch vor Stacheln und Dornen. Wichtig ist, dass sie nicht zu dünn sind und im Bereich der gesamten Handinnenfläche aus Leder bestehen.

Anzuchtschalen

Saat- oder Anzuchtschalen aus Kunststoff haben sich bewährt. Sie sollten stabilere und etwas teurere Modelle bevorzugen, da sich diese auch in der nächsten Saison noch verwenden lassen. Multitopfplatten eignen sich hervorragend zum Ziehen und Pikieren der Pflanzen. Sind sie mit einer Plexiglashaube versehen, kann man sie auch als Minigewächshaus verwenden. Kunststofftöpfe sind ideal für kleinere Pflanzen oder für die Vorkultivierung auf der Fensterbank. Sie sind preiswert, leicht zu säubern, aber in größerer Form zu instabil.

Schubkarre

Zum Befördern von schweren Gegenständen und Erdreich benötigen Sie die Gartenkarre oder die Schubkarre. Am geeignetsten ist die belastbare Maurerschubkarre mit verzinkter Blechwanne und aufblasbarem Gummireifen. Bei manchen Geräten kann man die Wanne sogar auswechseln.

Handschaufel

Achten Sie hier auf einen Holzgriff, der gut in der Hand liegt, dann verwenden Sie dieses nützliche Werkzeug gerne und oft. Daher ist auch hier die Qualität entscheidend. Manche Ausführungen haben am Griff ein Loch zum Aufhängen. Dies ist sehr nützlich, da kleine Werkzeuge nicht selten verlegt werden.

Kreuzhacke

Wer häufig pflanzt, erhält hier eine nützliche Arbeitshilfe. Das flache Blatt dringt leicht in den Boden und hebelt ein passgenaues Pflanzloch aus. Auch zum Ausstechen kleinerer Gehölze oder Wurzelstöcke ist die Kreuzhacke, auch Wiedehopfhaue genannt, ideal.

Maurerkelle

Gerade bei der Vorbereitung der Pflanzböden für Kräuter ist das Mischen und Verteilen von Erdreich eine häufig zu verrichtende Arbeit. Handschaufeln sind dafür oft zu klein. Der Umgang mit der Kelle ist rasch erlernt. Breitwürfig lassen sich damit beispielsweise Erde, Sand oder Kompost ausbringen oder Spalten zwischen geschlichteten Steinen verfüllen.

Kultivator

Der Kultivator dient zur Lockerung des Bodens und zum Unkrautentfernen. Die einfache Ausführung besitzt drei bis fünf Haken oder mehr. An einem Stiel mit abnehmbaren Vorsatzgeräten kann man verschieden starke Modelle anbringen. Sogar Harken oder Rechen lassen sich daran befestigen.

Gartenhacke

Die Gartenhacke wird ebenfalls zur Bodenauflockerung verwendet. Man schlägt sie in kleinen Abständen in den Boden ein, um mit scharfer Klinge Wurzeln abzuschneiden und Unkraut zu entfernen. Auch lassen sich damit Bodenunebenheiten ausgleichen und Kanten glätten. Die Stabilität und die Klingenhärte sind ausschlaggebend. Wählen Sie diese Hacke möglichst oft, Sie schonen damit Ihren Rücken.

Metallrechen

Der schmale Rechen mit zwölf Zinken aus gehärtetem Stahl oder Edelstahl ist leicht handhabbar und stabil. Die Zähne sollten nicht angenietet sein, sondern zusammen mit dem Bügel aus einem Stück bestehen. Rechen werden oft benutzt und sind vielseitig einsetzbar. Zwei Modelle gehören zur Gerätegrundausstattung. Kaufen Sie einen schmalen Rechen mit kurzem Stiel (160 cm) zum Harken und Lüften. Zusätzlich benötigen Sie für die Aufnahme des Schnittgutes den Breitrechen mit langem Stiel (180 cm).

Gartengeräte einwintern

Im Spätherbst ist die richtige Zeit, um Gartengeräte zu überprüfen. Vor allem Spaten, Schaufeln, Scheren und Messer werden nach dem letzten Gebrauch gereinigt und blank geputzt. Schneidekanten zieht man nochmals mit der Feile ab. Danach fettet man das Metall mit einem getränkten Lappen gegen Rost dünn ein. Holzstiele benötigen, sofern sie trocken gelagert werden, keine Pflege. Gartenschnüre sollten Sie reinigen und mit Firnis einölen. Vor der ersten Verwendung im Frühjahr klopft man alle Stiele fest und stellt sie in einen Kübel Wasser. Das Holz quillt leicht auf und hält so stabil in der Fassung.

Bodenbeschaffenheit prüfen und verbessern

Fruchtbarer Gartenboden ist die Voraussetzung für jede gärtnerische Tätigkeit. Die meisten Kräuter bevorzugen einen durchlässigen Boden mit guter Struktur und ausgewogenen Nährstoffverhältnissen. Ein strukturreicher Boden besitzt eine Vielzahl verschiedener Bestandteile. Gesteine mit unterschiedlicher Körnung (Steine, Kies, Sand) machen den Boden wasserdurchlässig. Kleinstkörnige Strukturen (Schluff, Ton) machen den Boden bindig und erbringen pflanzenverfügbare Nährstoffe und Minerale. Organisches Material aus abgestorbenen Pflanzenresten bildet den Humusanteil. Bodenorganismen führen zu mehr Aktivität und Leben.
Anhand einiger Bodenarten kann man die verschiedenen Bodeneigenschaften aufzeigen:

Sandboden

Sehr wasserdurchlässig, geringes Wasserspeichervermögen, hohe Durchlüftung, leicht bearbeitbar, geringes Nährstoffhaltevermögen, geringer Nährstoffgehalt, geringe biologische Aktivität.

Tonboden

Schlechte Wasserdurchlässigkeit, hoher Lehmanteil, schlechte Durchlüftung, gutes Nährstoffhaltevermögen und hohe Wasserspeicherkraft, aber geringer Gehalt an pflanzenverfügbarem Wasser, dabei hoher Nährstoffgehalt; schwere Tonböden sind bindig und werden bei Trockenheit hartbacken, d. h. schwer bearbeitbar.

Schluffboden

Er besitzt in der Bodeneigenschaft eine Mittelstellung zwischen Sand- und Tonböden.

Bodenanalyse

Die meisten Gartenböden besitzen eine ausreichend dicke Humusschicht, also einen Boden, der strukturreich und wasserdurchlässig ist, meist auch ein gutes Nährstoffverhältnis besitzt. Eine Bodenprobe oder -analyse gibt genaue Auskunft über die Beschaffenheit des Bodens. Für wenig Geld erhalten Sie bei den Ämtern für Landwirtschaft und Ernährung oder von den Gartenämtern der Kommunen sogenannte Bodenprobensets, die eine genaue Anleitung mit Laboradressen enthalten. Empfehlenswert ist, mindestens alle fünf Jahre aus verschiedenen Bereichen des Gartens (Gemüse- und Kräutergarten, Rasen, Obstwiese etc.) den Boden analysieren zu lassen.

Naturkosmetik mit Kräutern

Die sanfte Kraft der Kräuter findet auch in der Kosmetik Verwendung. Kräuter pflegen Haut und Haar. Sie sind rasch aus Ihrem eigenen Kräutergarten zu besorgen und zudem preisgünstig.

Gesichtsmaske mit Zitronenmelisse

Zitronenmelisse macht die Haut weich und hilft gegen Hautunreinheiten. Zerhacken Sie eine Handvoll Zitronenmelisse. Vermengen Sie diese mit 150 g Joghurt und einem Esslöffel Honig. Verreiben Sie die Maske auf dem Gesicht und lassen Sie sie 15 Minuten einwirken. Waschen Sie die Maske mit lauwarmen Wasser ab.

Fußbad mit Pfefferminze

Pfefferminze erfrischt und kühlt angenehm bei Hitze. Geben Sie eine Handvoll Minzeblätter in eine große Wanne mit heißem Wasser. Gießen Sie den frisch ausgepressten Saft einer Zitrone hinzu und baden Sie Ihre Füße zehn Minuten darin.

Salbei-Spülung

Salbei reguliert die Talgproduktion und stärkt die Haarwurzeln. Auch verleiht eine Spülung mit Salbei dem Haar einen seidigen Glanz. Übergießen Sie dafür einen Teelöffel Salbei mit einem Viertelliter kochendem Wasser. Lassen Sie den Sud zehn Minuten ziehen. Sieben Sie die Flüssigkeit ab und lassen Sie sie auskühlen. Massieren Sie sie nun als Spülung in das gewaschene Haar und die Kopfhaut ein. Anschließend gründlich ausspülen.

Basilikum-Bad

Nach einem anstrengenden Tag können Sie mit einem Basilikum-Bad gut entspannen.
Fügen Sie einfach dem Badewasser sieben Tropfen Basilikum-Öl und einen Becher Sahne hinzu.

Hand- oder Fingerprobe

Eine weniger genaue, aber einfache Methode, sich über den Gartenboden Informationen zu verschaffen, ist die Handprobe.
Sandiger Boden fühlt sich körnig an; beim Zerreiben knirschen die Sandkörner zwischen den Fingernägeln. Sandboden klebt nicht und ist nicht formbar.
Schluffboden haftet zwar auf der Handfläche, zerbröckelt jedoch beim Kneten. Zwischen den Fingern zerrieben, fühlt er sich mehlig an, besitzt aber auch kleine Körner, also einen geringen Sandanteil.
Bindiger, lehmiger Boden lässt sich in der Hand kneten und ist geschmeidig. Der Anteil an organischer Substanz ist bei Humus deutlich sichtbar. Ein Boden mit nur 5 % organischem Material ist stark humos.
Moorboden besteht zu über 30 % aus abgestorbenem, organischem Material. Beim Drücken lässt sich Wasser auspressen; die ursprüngliche Fülle wird fast wieder erreicht. Moorböden sind dunkelbraun bis schwarz gefärbt. Sie besitzen kaum Nährstoffe bzw. Minerale und reagieren sauer.

Säuregehalt testen

Sehr wichtig für die Eigenschaft des Bodens ist der pH-Wert. Darunter ist die saure oder basische Wirkung des Bodens zu verstehen, ausgedrückt auf einer Werteskala von 1 bis 14. Die meisten Böden haben einen pH-Wert um den Neutralpunkt, also pH 6,5 bis 7,5. Dieser pH-Wert beeinflusst die Verfügbarkeit von Mineralstoffen und damit die Pflanzenernährung. Manche Pflanzen sind angepasst an saure, andere an alkalische Böden. Durch Kalkgaben kann man den pH-Wert ins Alkalische verändern. Bei Sandböden wird ein pH-Wert von 5,5 bis 6 angestrebt, bei Tonböden etwa der von 6,5 bis 7,5. Den pH-Wert kann man einfach mit einem Testsatz erproben. Teströhrchen, Testgeräte und Teststäbchen sind im Gartenfachhandel erhältlich.

Die Mischung macht's

Sollte das Ergebnis einen stark lehmigen Boden ergeben, vermischen Sie ihn mit Sand. Dadurch erhöht sich die Wasserdurchlässigkeit und die Bearbeitbarkeit. Stark sandigen Boden versetzen Sie mit lehmhaltigem Material und Kompost. Ein derartig aufbereiteter Pflanzboden bringt für die meisten Kräuter die besten Voraussetzungen für ein optimales Gedeihen.

Bodenprüfung

Am Anfang steht die Spatenprobe. Stechen Sie dazu mit dem Spaten ca. 30 cm tief in das Erdreich, sodass eine senkrechte Schnittkante entsteht. Der humusreiche, dunkle Oberboden setzt sich farblich vom Unterboden ab. Sie erkennen dadurch die Dicke der Humusauflage. Der Unterboden kann je nach Lage lehmig, sandig oder steinig sein. Mit der Handprobe überprüfen Sie die Bodenschichten.

Zu wenig Humus?

Sandige und stark lehmige Böden besitzen kaum Struktur. Eine stabile Krümelstruktur des Bodens ist aber Voraussetzung für das Wachstum vieler Kräuter. Wie bereits beschrieben, gibt man entweder Sand und Kompost auf lehmigen Boden oder reichert sandigen Boden mit Lehm und Kompost an. Bodenzusätze wie Stallmist haben in Kräutergärten nichts zu suchen. Wer ausreichend Humus im Garten besitzt, kann diesen statt Kompost mit einarbeiten. Vier bis fünf Schaufeln fein abgesiebten Kompost pro Quadratmeter reichen völlig aus.

Ein gesunder Boden enthält eine Vielzahl von Organismen. Pilze, Milben, Algen, Kleinkrebse, Würmer und Käfer machen den Boden fruchtbar und ermöglichen die optimale Nährstoffaufnahme aus dem Boden. Ein wichtiger Helfer ist der Regenwurm, der die Erde lockert und für eine bessere Durchlüftung des Bodens sorgt. Auch dringt über den Winter der Frost in die Erde und macht sie krümelig. Das Bodengefüge bildet sich aus. Durch das Warten gart der Boden, erst eine gute Bodengare bringt fruchtbaren und gesunden Boden.

Wartezeit einberechnen

Da der Oberboden beim Mischvorgang in seiner Schichtung verändert wird, ist nach der Zugabe der Zuschlagsstoffe Warten angesagt. Am besten bereitet man das Pflanzbeet bereits im Spätherbst vor, damit der Natur genügend Zeit verbleibt, um die Bodenstruktur wieder aufzubauen.

Keinen Torf einarbeiten

Früher war es üblich, bei jeder Gelegenheit Torf im Garten zu verwenden. Sowohl im Gemüsebeet als auch in Zierpflanzenrabatten wurde Torf eingearbeitet oder sogar flächig zur Bodenabdeckung verteilt. Dies hat nicht nur den mittlerweile geschützten Mooren geschadet, sondern oft auch den Böden selbst. Der Nutzen war jedenfalls nur von kurzer Dauer, und im Kräuterbeet ist Torf fehl am Platz.

Reiner Torf ist sauer und nährstoffarm, nur wenige Pflanzen vertragen ihn. Lediglich ausgesprochene Moorbeetpflanzen wie etwa

Wasserabzug ermöglichen

Ist der Boden in tieferen Schichten verdichtet, sollten Sie an mehreren Stellen Drainagelöcher graben und diese zunächst mit Kies und dann erst mit Erde füllen. Dadurch ist wenigstens stellenweise der Wasserabzug aus dem Pflanzbeet möglich.

Rhododendron und Heidekraut benötigen ihn wirklich. Für andere Pflanzen müsste der Boden dann anschließend wieder aufgekalkt werden, zumal die meisten Arten einen schwach sauren bis leicht alkalischen Boden brauchen.
Torf hat zwar ein enormes Wasserspeichervermögen, sobald er aber ausgetrocknet ist, nimmt er kaum noch Wasser auf. Bei torfhaltiger Blumenerde ist dies leicht sichtbar. Ein eingetrockneter Blumentopf muss zehn Minuten ins Wasser gestellt werden, damit sich das Wasser wieder hält. Sobald Torf zu trocknen beginnt, wirkt er schädlich für die Pflanzen, weil er den Wurzeln Wasser entzieht.

Kalken

Sand und Kompost können Sie unbedenklich zur Bodenverbesserung einsetzen, ein anderer Bodenhilfsstoff – Kalk – kann jedoch durchaus schädlich sein. Zum Kalken ist deshalb nur nach einer Bodenuntersuchung zu raten. Wenn der Boden eindeutig zu sauer ist, heben Kalkgaben den pH-Wert an. Auf leichten Böden gibt man bei pH 6 etwa 60 g Algenkalk pro Quadratmeter, um den pH-Wert auf 7 zu erhöhen. Schwere Böden werden unter den gleichen Voraussetzungen mit 400 g Löschkalk behandelt. Die meisten Böden enthalten genügend Kalk, den die Pflanzen auch als Nährstoff benötigen. Unbedingt zu beachten ist, dass ein Kalküberschuss schädlich wirkt. Kalk kann andere wichtige Spurenelemente binden, sodass sie nicht mehr für die Pflanzen verfügbar sind.

Einharken und Lockern

Sobald das nötige Mittel zur Bodenverbesserung auf der Fläche verteilt ist, arbeiten Sie es mit der Harke oder auch der Grabgabel ein und vermengen es gründlich mit der vorhandenen Erde. Der Boden wird dabei auch möglichst tief gelockert.
Eine tiefgründige Lockerung ist auch nötig, wenn Sie keine Bodenverbesserungsmittel

einarbeiten, damit die feinen Wurzeln wachsen können. Treten Sie dazu den Spaten oder die Grabgabel senkrecht in das Erdreich, um Verkrustungen zu durchbrechen. Steine und Wurzeln lassen sich dabei leicht ausklauben.

Einebnen

Sobald die Fläche umgegraben und der Boden, falls nötig, verbessert ist, wird er zunächst grob mit dem Rechen geebnet. Dabei zerkleinern Sie die Schollen und rechen Steine und andere Gegenstände ab. Am besten eignet sich dazu ein einfacher Holzrechen mit geradem Zinkenbalken, weil er sich flach und gleichmäßig über den Boden ziehen lässt. Auch sollte der Boden abgetrocknet sein. Er ist dann tragfähiger und lässt sich auch leichter bearbeiten als im nassen Zustand. Beim groben Abziehen werden Hügel abgetragen und Mulden aufgefüllt. Das gelingt am besten, indem der Rechen hin und her bewegt wird, sodass die Zinken mehrmals durch die Erde fahren und die Schollen zerkrümeln. Kleine Steine stören übrigens nicht. Sie dienen zur Lockerung des Bodens und lassen sich ohnehin kaum völlig entfernen. Gewöhnlich genügt es deshalb, die großen Steine abzurechen und zu entfernen. Wurzelstücke, vor allem die von Wurzelunkräutern wie Ampfer, Quecken und Disteln, werden selbstverständlich aufgesammelt und beseitigt, damit sie nicht wieder austreiben können.

Beeteinteilung

Die Kräuter im Beet sollten Sie leicht erreichen können. Ein geeignetes Regelmaß für die Breite sind zwei Armlängen. Sie können dann von beiden Seiten ohne Mühe die Pflanzen erreichen. Bei größeren Beeten verlegen Sie Trittplatten oder schaffen eine zweckmäßige Unterteilung. Die geometrische Form ist dem eigenen Geschmack überlassen und vom Platz abhängig. Bewährt sind Kräuterrondells, Schachbrettmuster mit Platten, schmale Kräuterrabatte und Kräuterspiralen. Ein Kräuterbeet ist, sofern richtig angelegt, auch immer dekorativ. Daher sollten Sie besonders auf die passenden Baumaterialien achten. Hierzu einige Grundregeln:

Holz ist der natürlichste Baustoff. Natursteine, die der Region entsprechen, passen in jeden Garten. Klinker bringen Farbe ins Spiel. Beton und Kunststoff wirken künstlich. Beläge sollen den Boden nicht versiegeln.

Verschenken und Dekorieren

Lavendel-Duftsäckchen

Ob als Geschenkidee, Dekoration für die eigene Wohnung oder praktischer Mottenschutz im Schrank, ein Duftsäckchen mit Lavendel ist immer eine gute Idee. Und es ist auch noch einfach selbst herzustellen.

Alles, was Sie benötigen, sind ausreichend Lavendelblüten aus Ihrem Kräutergarten, Nähgarn, eine Kordel oder ein Band sowie ein Stück Stoff Ihrer Wahl in der Größe von ungefähr 50 x 12 cm. Gut geeignet ist hierfür ein durchsichtiges Material wie Organza, damit man die Lavendelblüten noch gut sehen kann.

Klappen Sie den Stoffstreifen aufeinander und nähen Sie die Schmalseiten zur Hälfte zusammen. Schlagen Sie die obere, nicht zugenähte Seite nun noch einmal nach innen um. Nun können Sie das Säckchen mit den Lavendelblüten füllen und die umgeschlagene Hälfte mit der Kordel zubinden. Und schon haben Sie ein schönes und auch nützliches Geschenk oder auch für den Gebrauch im eigenen Haushalt.

Kräuterkranz über dem Esstisch

Auch bei der Tischdekoration kommen Kräuter zum Einsatz. Als appetitlich duftenden Blickfang können Sie einen Kräuterkranz über dem Esstisch anbringen. Hierzu nehmen Sie einen Metallkranz zum Aufhängen mit Teelichthaltern, den Sie in Einrichtungshäusern erhalten. Drapieren Sie nun die Kräuter um den Kranz, befestigt mit Draht oder einem dekorativen Band. Am besten eignen sich vielblättrige Pflanzen wie Rosmarin, Thymian, Salbei, Basilikum und Petersilie. Noch besser kommt der Kräuterkranz zur Geltung, wenn Sie die restliche Tischdekoration darauf abstimmen, etwa mit grünen Servietten und Kräutern in kleinen Vasen.

Gedächtnisstützen

Damit Sie auf Anhieb wissen, mit welcher Pflanze Sie es zu tun haben, können Sie für Ihren Kräutergarten Gedächtnisstützen basteln. Aus Ton oder Holz lassen sich hübsche Schildchen herstellen, die Sie mit einem wasserfesten Stift oder einem Brennstift entsprechend beschriften können und, auf einem Holzstab o. Ä. befestigt, in Ihr Kräuterbeet stecken können.

Kleines Kräuterbeet anlegen

Eine kleine, aber feine Kräuterauswahl hat in jedem Hausgarten Platz. Ein Streifen in der Größe eines Gemüsebeets genügt oft für die Selbstversorgung mit frischen Küchen- und Gewürzkräutern.

Zunächst stecken Sie die genauen Ausmaße für Ihr Kräuterbeet mit der Gartenschnur ab. Räumen Sie danach den Boden sorgfältig ab. Alle Pflanzenreste und Wurzeln werden sorgfältig entfernt. Nach der Bodenprobe (vgl. ab Seite 22) sind vielleicht Sand- oder Kompostgaben nötig.

Und so wird's gemacht:

- Zunächst machen Sie eine Bodenprobe mit der Hand.
- Je nach vorhandener Bodenbeschaffenheit ist eine Verbesserung des Erdreichs nötig (Schichtdicke: Sand 5 cm; Kompost: 2 cm; Lehm und Humus: 5 cm).
- Arbeiten Sie die Bodenhilfsstoffe mit der Grabgabel ein. Durchstechen Sie die Schicht und lockern Sie den Boden tiefgründig mit der Grabgabel. Sobald die Erde gelockert ist, wird die Grabgabel mehrmals durch die Schicht gezogen, bis sich die Erde deutlich vermischt hat.
- Nun ebnen Sie das Beet mit dem Holzrechen ein. Dabei werden Unebenheiten ausgeglichen. Hierbei ergibt sich nochmals die Gelegenheit, Steine und Wurzelreste zu entfernen. Erdklumpen werden mit dem Rechen zerkleinert oder, falls nötig, mit der Hand zerdrückt. Ganz exaktes Einebnen ist nicht erforderlich, da später beim Pflanzen noch genügend Unebenheiten entstehen.
- Nehmen Sie die Pflanzen aus den Töpfen und verteilen Sie sie im vorgeschriebenen Abstand auf Ihrem neu angelegten Beet.
- Wüchsigere Arten sind zentral zu setzen, kleinere als Vorpflanzung.
- Mit der Handschaufel heben Sie entsprechend der Ballengröße Löcher aus und setzen die Pflanzen ein.
- Drücken Sie die Erde um die Pflanzballen gut an. Anschließend schlämmen Sie die Jungpflanzen mit dem groben Strahl der Gießkanne vorsichtig ein.
- Die Ballen dürfen dabei allerdings nicht freigeschwemmt werden. Mit der flach gehaltenen Hacke oder per Hand können Sie dann nochmals das Beet einebnen.

Kräuterspirale – Schritt für Schritt

Das Grundgerüst bildet die Schneckenform. Die aufstrebende Spirale erleichtert das Ernten und schafft unterschiedliche Wachstumsbedingungen. Am Gipfel der Spirale stehen exponiert sonnenhungrige Kräuter auf trockenem Boden, das sind z. B. Bohnenkraut, Oregano, Salbei und Kamille. Spiralenabwärts wird der Boden feuchter und der Standort geschützter. Auf halber Höhe eignen sich deshalb Lavendel, Rosmarin, Thymian, Melisse und Pimpinelle. Weiter nach unten finden Ringelblume, Kerbel, Borretsch, Basilikum und Schnittlauch ihren Platz. Pflanzen Sie keine hohen Kräuter wie Dill, Barbarakraut oder Beinwell in die Schnecke, da sonst die Struktur zu unübersichtlich wird.

Und so wird's gemacht:

Die Kräuterspirale sollte an einem sonnigen Platz im Garten angelegt werden. Stechen Sie dazu mit dem Spaten die Grundform eines Schneckenhauses im Querschnitt aus. Die Grundform wird mit Natursteinen umrandet. Die Steine hierfür sollten aus der jeweiligen Region verwendet werden. Der entstandene Freiraum wird mit Erde verfüllt. Sollte eine Bodenverbesserung nötig sein, erfolgt diese, wie im Kapitel „Bodenbeschaffenheit prüfen und verbessern" (vgl. dazu Seite 22) beschrieben.

Drücken Sie die Erde dort, wo die zweite Etage mit Steinen belegt wird, fest und füllen Sie bei Bedarf noch Erdreich nach. Danach schlichten Sie die Steine möglichst passgenau für die zweite Windung auf. Nachdem Sie auch hier die Reihe mit Erde aufgefüllt haben, folgt die letzte Etage zur Spitze. Das hier verwendete Erdreich kann mit Sand stark abgemagert werden. Die Kräuter an der Schneckenspitze sind entsprechend zum Standort auszuwählen (vgl. Skizze unten).

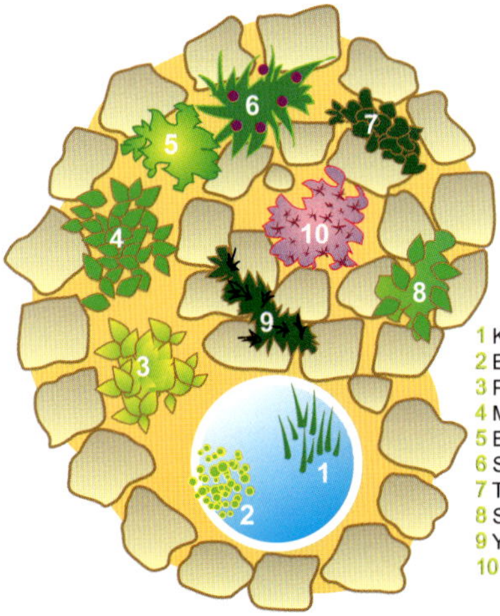

1 Kalmus
2 Brunnenkresse
3 Pfefferminze
4 Melisse
5 Bohnenkraut
6 Schnittlauch
7 Thymian
8 Salbei
9 Ysop
10 Lavendel

Pflegearbeiten

Was beim Kauf zu beachten ist

Nachdem Sie sich zur Anlage eines Kräuterbeets entschlossen und die Auswahl der Kräuter getroffen haben, steht der Kauf an. Je nach Kräuterart müssen Sie Samen oder Jungpflanzen kaufen.

Saatgutkauf ist Vertrauenssache

Der schnelle Griff zu Sonderangeboten kann Ihnen später mangelnden Erfolg und Ärger einbringen. Sparen Sie also nicht an der falschen Stelle, die Freude über die gelungene Pflanzenzucht macht die Mehrkosten auf jeden Fall wett.

Beim Gartenbauverein oder von den Nachbarn können Sie besonders wüchsige Arten wie Thymian, Pfefferminze, Beinwell oder Liebstöckel, die im Kräuterbeet überhand nehmen, günstig oder sogar kostenfrei erhalten.

Nicht zu früh aussäen

Bei ungünstigen Licht- oder Temperaturverhältnissen führt zu frühe Aussaat zu sogenannten Schwindlingen, kleinen, lang gestreckten, schwachen Pflanzen, die sich nicht zum Auspflanzen in das Freiland eignen. Nur die kräftigsten Pflanzen finden später Platz im Kräutergarten.

Bevor sie auf dem Kompost landen, gibt man die oft über Jahre kultivierten Kräuter gerne her. Aber auch Wurzelausläufer, Stecklinge oder selbst geerntete Samen können Sie sich beispielsweise auf der Pflanzbörse der Gartenbauvereine umsonst oder zumindest sehr günstig besorgen.

Die Pflanzen oder Pflanzenteile sind unbedingt auf Schädlinge zu überprüfen, bevor Sie sie einpflanzen

Viele Kräuter eignen sich für die Direktaussaat ab April, sofern die Pflänzchen frosthart sind, oder ab Mai nach den Eisheiligen, falls die Arten keinen Frost vertragen. Für manche Kräuter ist es darum unerlässlich, sie auf der warmen Fensterbank vorzukultivieren.

Die Tabelle auf Seite 33 nennt Kräuter, die sich zur Direktaussaat oder Vorkultivierung eignen.

Kräuter, die man als Jungpflanzen kaufen sollte

Viele der verwendeten Heil- und Gewürzkräuter stammen aus klimatisch wärmeren Zonen. Die Anzucht aus dem Samen ist oft schwierig oder gar unmöglich. Da vielfach Kräuter billig und in guter Qualität in Töpfen erhältlich sind, kaufen Sie hier besser Jung-

Kräuterpflanzen im Überblick	Vorkultivierung	Direktansaat
Baldrian		■
Barbarakraut		■
Basilikum	■	
Beifuß		■
Beinwell		■
Bohnenkraut	■	
Borretsch		■
Brennnessel		■
Dill		■
Estragon	■	
Gänseblümchen		■
Johanniskraut		■
Kamille		■
Kapuzinerkresse	■	■
Kerbel		■
Kresse	■	■
Kümmel		■
Löwenzahn		■
Malve		■
Melisse		■
Oregano		■
Petersilie	■	■
Pimpinelle		■
Rainfarn		■
Ringelblume		■
Sauerampfer		■
Schafgarbe		■
Thymian		■
Ysop	■	■

pflanzen. Sie sparen sich dadurch Mühe und das Risiko der Vorkultivierung entfällt.
Wollen Sie bereits im ersten Jahr ernten, sollten Sie größere Pflanzen wählen. Meist sind die Töpfe, farbig gekennzeichnet und nach Größe sortiert, im Gartencenter erhältlich. Kräftige und gesunde Pflanzen sollten gut bestockt sein, im Topf kein Unkraut aufweisen und frische grüne Blätter ohne Verfärbungen besitzen.
Sprechen Sie mit Ihrem Gärtner, wann bei ihm die nächste Pflanzenlieferung eintrifft. Die größte Auswahl hat man bei der frisch eingetroffenen Ware. Später bleiben oft nur die aussortierten und geringerwertigen Pflanzen über.
Viele Samenhandlungen bieten ihr Saatgut über den Versandhandel zu günstigen Konditionen und guter Qualität an.

Beim Kauf zu beachten

Achten Sie bei Samen auf die Verpackungsangaben und das Haltbarkeitsdatum. Bei Topfpflanzen: Nur die kräftigsten sind für den Kräutergarten geeignet.
Die nachfolgend aufgeführten Kräuter sollten Sie bevorzugt als Jungpflanzen kaufen:

- Erdbeere
- Johanniskraut
- Lavendel
- Liebstöckel
- Majoran
- Melisse
- Pfefferminze
- Rosmarin
- Salbei
- Schnittlauch
- Thymian
- Ysop

Pflege und Ernte

Düngen

Ein vielfach zitierter Satz ist: Der Garten muss fruchtbar sein. Das bedeutet aber nicht, dass Sie dieses Ziel durch reichliches Düngen erreichen. Jede Pflanzenart stellt in Bezug auf Licht, Bodenstruktur, Feuchtigkeit oder Nährstoffgehalt – den sogenannten Standortfaktoren – ihren eigenen Anspruch an den Boden. Das bedeutet, dass manche Kräuter nur auf nährstoffarmen, mageren Böden gedeihen und bei Düngegaben schwinden. Die meisten Kräuter benötigen, bei entsprechender Bodenvorbereitung, kaum zusätzlichen Dünger.
Düngegaben im Garten können in der Regel durch den selbst hergestellten Kompost ausreichend gedeckt werden. Der Kompost enthält ein breites Spektrum an Nährstoffen,

Mineralien und Spurenelementen. Richtig dosiert, ernährt Kompost die Pflanzen optimal. Mineraldünger ist in der Regel stark stickstoffhaltig und führt dazu, dass die Pflanzen „ins Kraut schießen". Der Geschmack, die Inhaltsstoffe und auch die Widerstandskraft der Kräuter können dadurch leiden.
Als Dünger eignen sich neben Kompost vor allem Hornspäne und Horn-Knochenmehl. Hornspäne enthalten Stickstoff und geben diesen über lange Zeit in kleinen Mengen ab. Horn-Knochenmehl beinhaltet neben Stickstoff auch Phosphat und Kali. Solche Dünger bezeichnet man als Volldünger.
Auf besonders sandigen Böden ist die Gabe von Mineralstoffen notwendig, die neben Spurenelementen in Gesteinsmehl enthalten sind. Geben Sie auf 1 l Wasser eine Handvoll Gesteinsmehl und gießen Sie damit das Substrat. Zum Aufkalken des Bodens wird Algenkalk verwendet.

Bodenprobe

Der verantwortungsvolle Gärtner prüft seine Böden mit einer Bodenprobe. Alle fünf Jahre sollten Kräuter- sowie Gemüsebeete und andere intensiv genutzte Gartenflächen untersucht werden. Nur dann lässt sich genau vorhersagen, ob Dünger benötigt wird oder ob der Boden bereits überdüngt ist.

Die Tabelle unten zeigt, welche Kräuter nur wenig Kompost im Jahr benötigen und welche Kräuter nicht gedüngt werden dürfen.

Kräuter ernten

Die Kräuter werden natürlich, um den Nutzen als Gewürz- bzw. Heilkraut zu erlangen, geerntet und dabei auch gekürzt. Das Ernten der einzelnen Arten und deren wirksamer Pflanzenteile wird ausführlich im Kapitel „Pflanzenkunde von A–Z" ab Seite 44 erläutert.

Der richtige Erntezeitpunkt entscheidet wesentlich über Geschmack und Inhaltsstoffe. Beachten Sie aber auch, dass jeder Schnitt eine Wunde für die Pflanze bedeutet. Kleine und besonders junge Pflanzen sind daher möglichst zu schonen. Geduld ist angesagt, bis die Kräuter voll genutzt werden können. Besonders in Töpfen gezogene Kräuter und solche, die auch im Winter genutzt werden, sind bedachtsam zu ernten.

Die Zitronenmelisse wächst auch im Winter in der Wohnung langsam weiter. Beachten Sie dabei jedoch, nicht zu viel auf einmal zu ernten: Bei zu starkem Abzupfen geht die Pflanze zugrunde.

Petersilie kann mit Folie abgedeckt noch bis in Frostperioden wachsen. Allerdings geht sie ein, wenn die innen wachsenden Herzblätter gepflückt werden.

Schnittlauch können Sie beispielsweise im Herbst radikal kürzen und dennoch treibt er nach einigen Kältewochen auch im Dezember auf der warmen Fensterbank wieder aus. Dieser in längeren Zeitabschnitten durchgeführte Radikalschnitt schadet vielen Kräutern weniger als tägliches Abzupfen.

Der Bedarf in der Küche ist jedoch häufig größer. Um so wichtiger ist somit das Konservieren, also das Trocknen oder Einfrieren. Schnittlauch eignet sich dazu hervorragend.

Kräuter	Weniger Dünger	Keinen Dünger
Baldrian	■	
Beifuß		■
Bohnenkraut		■
Borretsch	■	
Dill	■	
Erdbeere		■
Gänseblümchen	■	
Johanniskraut		■
Kamille		■
Kerbel	■	
Kresse	■	
Kümmel	■	
Lavendel	■	
Malve	■	
Oregano	■	
Petersilie	■	
Pimpinelle		■
Rainfarn	■	
Salbei	■	
Sauerampfer	■	
Schafgarbe		■
Thymian	■	
Ysop	■	

Klein gehackt und portionsgerecht eingefroren, behält er seinen würzigen Geschmack.

Schnittgut konservieren

Nicht alle Küchen- und Gewürzkräuter kann man nach der Ernte sofort verwenden bzw. aufbrauchen.

Die gängigste Methode, Kräuter zu konservieren, ist das Trocknen der Pflanzenteile zur späteren Zubereitung von Tee oder Gewürzen. Feinblättrige Kräuter wie Basilikum, Pfefferminze, Liebstöckel bedürfen der schonenden Trocknung. Besonders die leichtflüchtigen ätherischen Öle würden durch zu viel Wärme verschwinden. Binden Sie die genannten Arten zu einem Strauß zusammen und hängen Sie sie an einem luftigen und warmen Platz im Schatten auf. Nach wenigen Tagen lassen sich die Blätter mit den Fingern leicht zerbröseln, sie werden dann in einem gut verschließbaren Schraubdeckelglas aufbewahrt.

Wichtig ist, dass immer vollständig trockene Pflanzenteile eingelagert werden. Zeigen sich Spuren von Feuchtigkeit an der Glaswand, sollten Sie umgehend nachtrocknen. Schimmelpilze können die Ernte verderben.

Bei hartlaubigen Kräutern (Rosmarin, Ysop) und besonders zum Trocknen von Wurzeln bedient man sich einer anderen Methode. Dazu zerkleinern Sie die Pflanzenteile und dörren sie auf einer Aluminiumfolie im Backofen. Die Temperatur darf dabei höchstens

50 °C betragen und die Backofentür muss einen Spalt weit geöffnet bleiben. Spezielle Dörrapparate, in denen auch Apfelscheiben oder Pflaumen getrocknet werden können, eignen sich hierzu noch besser.

Eine beliebte Methode ist auch das Einfrieren. Portionsgerecht können Sie, beispielsweise in Eiswürfel eingegossen, sehr aromatische Kräuter wie Liebstöckel oder Ysop einfrieren. Basilikum, Dill, Petersilie, Estragon und Bohnenkraut werden zuerst auf einem Backblech vorgefrostet und dann lose in Gefrierbeutel abgefüllt.

Auch in Öl oder Essig eingelegt, erhält sich bei vielen Kräutern sehr lange das Aroma. Für den Kräuteressig eignen sich: Thymian, Lavendel, Rosmarin, Liebstöckel, Estragon, Pfefferminze oder Dill.

Rückschnitt

Besonders bei verholzenden Kräutern wie Thymian, Salbei, Estragon, Oregano und Lavendel ist ein Verjüngungsschnitt sinnvoll. Ältere Pflanzen verkahlen sonst am Stamm und werden im Verlauf von Jahren unansehnlich. Durch den Rückschnitt regen Sie diese Kräuter zum Austreiben an. Die Form bleibt geschlossen und zahlreiche beblätterte Triebe verschönern das Erscheinungsbild der Pflanze.

Lecker und gesund

Für ein Kräuteröl sind besonders gut geeignet: Johanniskraut, Knoblauch, Zitronenmelisse, Thymian, Ringelblume, Kamille oder Lavendel.

Der richtige Zeitpunkt für den Rückschnitt ist der Spätwinter. Der Verjüngungsschnitt sollte unbedingt bei frostfreiem Wetter erfolgen, da die Pflanzen durch die Kälte zusätzlichen Schaden erleiden würden.
Das Holz befindet sich in seiner Saftruhe, und Wunden werden somit beim Austrieb im nahenden Frühjahr wieder rasch verschlossen.

Schneiden Sie zuerst besonders lange Triebe ab. Danach entfernen Sie die Triebe bis zum letztjährigen Holz. Auf die typische Wuchsform der Art ist dabei zu achten. Manche Arten wie Liebstöckel, Zitronenmelisse und Pfefferminze vertragen auch den Rückschnitt bis zum Boden. Hier sollte man als Schnittzeitpunkt den frühen Herbst wählen, da das Schnittgut zur Ernte verwendet werden kann.

Kräuter vermehren

Wer einmal Gefallen an Kräutern gefunden hat, wird nicht mehr darauf verzichten wollen. Kräuterbeete sind einfach zu bestellen und bringen Nutzen und Freude. Gerade aber durch die Ernte und Verwendung müssen Sie permanent für Nachschub sorgen. Aber auch Rückschläge bei der Kultivierung sowie Verluste durch Witterung sind zu verzeichnen. Lavendel, Salbei, Ysop und andere nicht völlig frostharte Kräuter wintern bei zu strengem Frost aus. Viele Kräuter lassen sich leicht und mit geringem Aufwand vermehren. Der geschickte Gärtner kann so seine Bestände immer wieder verjüngen oder sie sogar vermehren.

Vermehrung durch Stecklinge

Zur Stecklingsvermehrung eignen sich mehrjährige Kräuter, deren älteres Kraut verholzt. Schneiden Sie mit einem scharfen Messer im Juli und August einjährige, gesunde Triebe ab. Diese stecken Sie im Abstand von 10 cm in Töpfen oder Kästen mit feuchter Anzuchterde mehrere Zentimeter tief in den Boden. Mit der Kunststoffhaube oder einem Klarsichtbeutel abgedeckt, bildet sich das richtige Treibhausklima.

Nach einigen Wochen auf der warmen Fensterbank sprießen neue Wurzeln und Blätter. Nur die kräftigsten Stecklinge pflanzen Sie dann im Frühsommer des darauf folgenden Jahres an Ort und Stelle aus.

Geeignete Arten

Für die Stecklingsvermehrung eignen sich besonders Thymian, Lavendel, Estragon, Rosmarin, Salbei, Oregano, Ysop, Majoran und Bohnenkraut.

Vermehrung durch Teilung

Horstig wachsende mehrjährige Stauden lassen sich, sofern die Pflanzen wüchsig und kräftig sind, leicht teilen. Stechen Sie dazu im zeitigen Frühjahr mit einem scharfen Spaten ins Zentrum der Staude und teilen Sie die Pflanze. Den abgetrennten Teil setzen Sie dann ins vorgesehene, gut vorbereitete Beet. Der Austrieb im Frühjahr verschließt die Verletzung rasch. Oft zeigen die Pflanzen nach der Teilung sogar einen kräftigeren Wuchs als vorher.

Absenker und Wurzelausläufer

Bei manchen Pflanzen hat die Natur für die Vermehrung bereits vorgesorgt. Diese Arten breiten sich auch am natürlichen Standort, von der Mutterpflanze entfernt, aus. Man kann den Ausbreitungsdrang nutzen und einzelne, bogig aufwärtsstrebende Triebe zur Erde hinabbiegen. Graben Sie in der Mitte des Zweiges einen Teil 10 cm tief ein und stecken diesen mit einem Hölzchen fest. Rasch bewurzelt sich der Absenker und zeigt kräftiges Wachstum. Schneiden Sie jetzt die Verbindung zur Mutterpflanze ab und versetzen Sie die Jungpflanze an den gewünschten Standort.

Wurzelvermehrung

Hierzu eignen sich Thymian, Pfefferminze, Brennnessel, Liebstöckel, Beinwell und Baldrian.

Bei Walderdbeeren ist dies noch einfacher. Die Ausläufer von der Mutterpflanze bewurzeln selbst und lassen sich ganz einfach abschneiden und verpflanzen.

Einige Kräuter breiten sich durch Wurzelausläufer aus. Man gräbt im zeitigen Frühjahr an der Pflanze ab und trennt solche Wurzeltriebe.

Kräuter überwintern

Da eine Vielzahl der häufig verwendeten Küchen- und Gewürzkräuter aus dem klimatisch milderen Mittelmeerraum stammt, sind sie hier besonders frostgefährdet. In klimatisch rauen Zonen ist es daher sinnvoll, die Pflanzen im Herbst auszugraben und im Haus zu überwintern. Besonders wichtig ist dies bei Rosmarin, Estragon und Majoran. Diese Kräuter bewahrt man den Winter über bei 6 bis 14 °C in einem hellen Raum auf.

Da die Tage bei uns kürzer als im Süden sind, benötigen die Pflanzen aus Lichtmangel die Winterruhe. Höhere Temperaturen oder Düngegaben während dieser Ruhephase würden dazu führen, dass die Pflanzen weiterwachsen und sich bei zu wenig Licht verausgaben. Auch das Bewässern wird reduziert, ein Austrocknen des Topfes sollten Sie allerdings unbedingt vermeiden.
Kontrollieren Sie die Pflanzen regelmäßig auf Schädlinge. Damit sich keine Verstecke in abgetrockneten Pflanzenteilen und Falllaub bilden, werden diese sofort entfernt. Nach den Spätfrösten im Mai können Sie die überwinterten Kräuter wieder langsam an das Licht und die Außentemperatur gewöhnen. Erst nach ein bis zwei Wochen der Akklimatisierung an einem vor Licht und Wind geschützten Platz können Sie die Kräuter wieder an ihren ursprünglichen Standort versetzen.
Manche Kräuter können Sie auch im Winter erneut zum Treiben bringen und vitaminreiche Kost auf der Fensterbank ziehen. So kann man Basilikum, Petersilie, Schnittlauch im Winter ernten. Dies sollte allerdings sparsam erfolgen, da die Pflanzen natürlicherweise in dieser Jahreszeit weniger wüchsig sind.

Säen Sie dazu Kresse, Porree, Dill, Kerbel und Petersilie nochmals im Spätherbst an. Die kleinen Pflanzen sind dann zwar weniger aromatisch, da sie aber zum raschen Ernten bestimmt sind, sind sie als vitaminreiche Winterkost vorzuziehen.

Überwinterung

In stark frostgefährdeten Gebieten sollte man auch Bohnenkraut, Lavendel, Salbei und Knoblauch ins Haus nehmen. Ist der Standort geschützt, reicht allerdings das Abdecken mit Koniferenreisig oder Stroh.

Schädlingsbekämpfung

Da Kräuter ja zur Verwendung im Haushalt bestimmt sind, benutzen Sie besser keine chemischen Pflanzenschutzmittel. Kräftige und widerstandsfähige Kräuter erzielen Sie durch den richtigen Standort. Doch vor allem auf Kräutern, die im Topf oder auf der Fensterbank gezogen wurden, können sich Blattläuse, Spinnmilben, die Weiße Fliege oder Schildlaus einstellen.

Einjährige Kräuter sollten Sie generell vernichten. Da Schädlinge in der Regel auch auf Zimmerpflanzen sitzen und neu gekaufte Kräuter wieder befallen können, sollte der Pflanzenschutz daher in der Zwischenzeit besonders bei den Zimmerpflanzen erfolgen. Dazu dienen Gelbtafeln als Lockfalle und verträgliche Pflanzenschutzmittel, beispielsweise auf Schmierseifenbasis. Erst wenn die Wohnung wieder schädlingsfrei ist, sollten Sie neue Kräuter kaufen.

Tritt der Schädlingsbefall auf Freilandpflanzen auf, sollten ebenfalls Lockfallen, natürliche Insektizide und nützlingsschonende Mittel eingesetzt werden. Halten Sie unbedingt die auf den Verpackungen angegebenen Wartezeiten ein. Manuelles Bekämpfen, das Ausbringen von Pflanzenschutzbrühen (Brennnessel oder Rainfarn) oder im artenreichen Garten auch nur das Abwarten sind erprobte Methoden des naturbewussten Gärtners. Treten beispielsweise vermehrt Blattläuse im Garten auf, sorgen oft natürliche Feinde wie Schwebfliegenlarven oder Marienkäferlarven

(Blattlauslöwe) für die natürliche Dezimierung. Manchmal hilft auch das Ansiedeln von speziellen Lockpflanzen. Kapuzinerkresse lockt beispielsweise Blattläuse an. Andere Pflanzen wie Rainfarn vertreiben dagegen viele Insekten. Ringelblume und Tagetes, zwischen die Kräuter gesät, halten den Boden frei von Wurzelschädlingen wie Nematoden (vgl. auch Tabelle „Gute Nachbarn/ Schlechte Nachbarn", Seite 42).

Natürliche Mittel zur Schädlingsbekämpfung

- **Rainfarn-Wermutbrühe:** Als Aufguss zubereitet, werden jeweils 40 g Rainfarn- und Wermutblätter mit 2 l kochendem Wasser überbrüht. Nach 10 Minuten wird der Absud im Verhältnis 1 : 3 mit Wasser verdünnt. Von Schädlingen befallene Pflanzenteile werden dann von allen Seiten mit der Lösung besprüht. Nach einer halben Stunde wird kräftig abgegossen, um die Reste des Spritzmittels von den Blättern zu entfernen. Diesen Vorgang sollten Sie nach zehn Tagen wiederholen. Besonders Blattläuse und andere saugende Insekten reagieren sehr empfindlich auf diese Spritzung.
- **Hausmittel gegen saugende Insekten:** Da der Einsatz von Gift bei Kräutern nicht in Frage kommt, sollten Sie auf ein altes, bewährtes Hausmittel zurückgreifen. Die Pflanzen werden mit dem Topf in die

Vorbeugung

Zimmerpflanzen und Kräuter regelmäßig kontrollieren. Meist kann man bei den ersten Anzeichen eines Befalls durch Abwaschen, Abstreifen oder Abzupfen die Gefahr in Grenzen halten. Wichtig ist auch die Sauberkeit der Töpfe. Entfernen Sie dazu alle vertrockneten Blätter und Zweige.

Gute Nachbarn, schlechte Nachbarn

	Basilikum	Walderdbeere	Oregano	Bohnenkraut	Barbarakraut	Malve	Ysop	Gartenkresse	Kapuzinerkresse	Brennnessel	Thymian	Lavendel	Ringelblume	Liebstöckel	Kamille	Pfefferminze	Schnittlauch	Petersilie
Petersilie	o	–	o	o	o	o	o	–	–	–	o	o	+	–	o	–	+	o
Schnittlauch	+	o	o	o	o	o	o	+	–	–	+	+	+	–	o	–	o	+
Pfefferminze	–	–	–	–	–	–	–	–	–	–	–	–	–	–	–	o	–	–
Kamille	o	–	+	+	o	o	o	o	–	–	+	+	+	–	o	–	o	o
Liebstöckel	–	–	–	–	–	–	–	–	–	–	–	–	–	o	–	–	–	–
Ringelblume	+	+	+	o	o	o	o	+	–	–	+	+	o	–	+	–	+	+
Lavendel	o	–	+	+	+	+	+	+	+	–	+	o	+	–	+	–	+	o
Thymian	o	–	+	+	+	+	+	+	+	–	o	+	+	–	+	–	+	o
Brennnessel	–	–	–	–	–	–	–	–	–	o	–	–	–	–	–	–	–	–
Kapuzinerkresse	o	–	o	o	o	o	o	–	o	–	+	+	–	–	–	–	–	–
Gartenkresse	+	–	o	o	o	o	o	o	–	–	+	+	+	–	o	–	+	o
Ysop	o	–	+	+	+	+	o	o	o	–	+	+	o	–	o	–	o	o
Malve	o	–	+	+	+	o	+	o	o	–	+	+	o	–	o	–	o	o
Barbarakraut	o	–	+	+	o	+	+	o	o	–	+	+	o	–	o	–	o	o
Bohnenkraut	o	–	+	o	+	+	+	o	o	–	+	+	o	–	+	–	o	o
Oregano	o	–	o	+	+	+	+	o	o	–	+	+	+	–	+	–	o	o
Walderdbeere	o	o	–	–	–	–	–	–	–	–	–	–	+	–	–	–	o	–
Basilikum	o	o	o	o	o	o	o	+	o	–	o	o	+	–	o	–	+	o

\+ Gute Nachbarn – schlechte Nachbarn o kein Einfluss

Badewanne gestellt. Man bereitet eine Lösung aus 200 g Gelierzucker, einem Tropfen Spülmittelkonzentrat und etwa 1 l Wasser zu. Benetzen Sie am besten mit einer Sprühflasche alle Pflanzenteile mit der Lösung. Besonders auch die Blattunterseiten sind fein säuberlich zu besprühen. Nach etwa 30 Minuten Einwirkungsdauer wird der Topf seitlich gehalten und mit lauwarmem Wasser abgebraust. Man lässt die Pflanzen über Nacht stehen und wiederholt am nächsten Tag die Prozedur.

In der Zwischenzeit sollten Sie auch die Fensterbank und die Umgebung reinigen, sowie Ritzen und Spalten mit dem Staubsauger absaugen. Die Wirkung des Mittels ist verblüffend. Die abtrocknende Zuckerlösung verklebt die Atemporen kleiner Insekten (Weiße Fliege, Tripse, Blatt- und Schildläuse). Um auch die noch im Eistadium befindlichen Schädlinge zu vernichten, sollten Sie den Vorgang nach sieben bis neun Tagen wiederholen. Zusätzlich können Sie noch Gelbtafeln ans Kräuterfenster hängen.

Anlagebedingungen der einzelnen Kräuterarten

	Vorkultivieren	Direktsaat	Nährstoffe nötig	nicht düngen	schneiden	teilen	Stecklinge	Winterschutz	trocken	frisch	feucht	sandig	Sonne	Halbschatten	bis 20 cm	bis 50 cm	über 50 cm	Duft	Zimmer	Kräuterwiese
Baldrian		■	■							■	■		■	■			■			
Barbarakraut		■	■							■	■	■	■	■			■			■
Basilikum	■		■							■			■			■		■	■	
Beifuß		■		■						■			■	■			■			■
Beinwell		■	■							■	■			■			■			
Bohnenkraut	■			■					■				■						■	
Borretsch		■	■							■			■	■			■			■
Brennnessel		■	■							■	■		■	■			■			■
Dill		■	■							■	■		■				■		■	■
Erdbeere				■		■				■	■		■	■	■				■	
Estragon	■		■		■	■	■	■		■			■	■			■	■		
Gänseblümchen		■	■							■			■	■	■				■	■
Johanniskraut		■		■					■	■			■			■				■
Kamille		■		■					■	■		■	■			■				■
Kapuzinerkresse	■	■	■							■			■	■			■			
Kerbel		■	■							■	■		■	■		■			■	■
Knoblauch			■							■			■	■			■			■
Kresse	■	■	■							■	■		■	■		■			■	
Kümmel		■	■							■	■		■	■		■				■
Lavendel			■		■	■	■	■	■	■		■	■				■	■	■	
Liebstöckel			■			■				■			■				■			
Löwenzahn		■								■			■	■		■				■
Majoran			■				■	■	■	■			■			■		■		
Malve		■	■						■	■		■	■	■			■		■	■
Melisse		■	■					■		■			■			■		■	■	
Oregano		■	■		■	■	■		■			■	■			■		■		■
Petersilie	■	■								■			■	■	■				■	
Pfefferminze			■							■	■		■	■			■	■		■
Pimpinelle		■		■						■			■			■				
Rainfarn		■	■						■	■			■				■			■
Ringelblume		■	■							■	■		■			■			■	■
Rosmarin			■		■			■	■	■		■	■			■		■	■	
Salbei			■		■			■	■			■	■			■		■	■	
Sauerampfer		■	■							■			■	■						■
Schafgarbe		■		■						■			■			■				■
Schnittlauch		■	■			■				■	■		■	■		■			■	■
Thymian		■	■		■	■	■	■	■	■		■	■		■			■	■	

Pflanzenkunde von A–Z

Gewürz- und Küchenkräuter

Barbarakraut

Barbarea vulgaris

Das Barbarakraut ist ein zweijähriger Kreuzblütler (Cruciferae), der im ersten Jahr einen niederliegenden, rosettenartigen Wuchs besitzt. Im zweiten Jahr treibt die Pflanze bis zu 80 cm hohe Blütenstängel aus, die von April bis Juni dekorative gelbe Blüten tragen. Das Barbarakraut, auch Winterkresse genannt, ist in ganz Europa zu Hause. Die Pflanze trägt auch noch im Dezember, zumindest bis zum Barbaratag (4. Dezember), ihr grünes Laub.

Standort: Barbarakraut wächst ursprünglich entlang feuchter Gräben und an Bachläufen. Im Garten benötigt es nährstoffreichen und durchlässigen, aber feuchten Boden auf sonnigem wie halbschattigem Standort.

Pflege: Lehmiger Gartenboden wird mit Kompost und Sand vermischt. Man kann sowohl im Herbst als auch im Frühjahr breitwürfig aussäen. Nach dem Auflaufen sollte der Boden vorsichtig gemulcht werden, um ein feuchtes Mikroklima zu schaffen. Die Pflanze wächst zuverlässig, ist allerdings anfällig gegen Trockenheit, bei Trockenperioden muss gegossen werden.

Ernte und Verwendung: Die Blätter können im ersten und zweiten Jahr während der ganzen Vegetationsperiode geerntet werden. Man sollte das Kraut immer frisch verwenden, da es getrocknet seine Wirksamkeit verliert. Die Blätter des Barbarakrauts schmecken kresseähnlich und eignen sich als pikante Zugabe zu Salaten. Barbarakraut wirkt appetitanregend und blutreinigend.

Basilikum

Ocimum basilicum

Der Basilikum ist ein Lippenblütler (Labiatae). Seine Blattfarbe kann je nach Sorte von dunkelviolett bis hellgrün variieren. Die geschmacklichen Eigenschaften ändern sich dadurch kaum. Die einjährige Pflanze erreicht etwa eine Höhe von 15 bis 60 cm.

Standort: Die Anzucht sollte Ende April/Anfang Mai bei Temperaturen über 20 °C, also im Warmhaus oder auf der Fensterbank, erfolgen. Ausgesät wird am besten in Töpfen mit nährstoffreichem, lockerem Substrat. Pro

Nur bei schönem Wetter ernten

Wer Basilikum gesund und vital über das ganze Jahr erhalten will, sollte nur bei schönem Wetter ernten. Bei Schlechtwetterperioden ist die Pflanze empfindlich und reagiert auf diese Verletzung sehr sensibel.

Topf werden etwa acht bis zwölf Samenkörner verstreut und mit einem Holzbrettchen fest angedrückt. Der Samen darf nicht mit Erde bedeckt werden. Die Keimdauer beträgt etwa eine Woche. Jungpflanzen kann man Ende Mai an einen geschützten, sonnigen Platz im Abstand von 25 cm ins Kräuterbeet pflanzen. Der Boden sollte nährstoffreich und locker sein.

Pflege: Basilikum kümmert bei kaltem, feuchtem oder windigem Wetter. Gelegentliche Kompostgaben dankt der Basilikum mit kräftigem Wachstum. Staunässe verträgt die Pflanze nicht. Auch zu frühes Abzupfen einzelner Blätter an den Jungpflanzen führt oft zu Kümmerwuchs.

Ernte und Verwendung: Frische oder auch getrocknete Blätter werden besonders zu Tomaten, italienischer Pasta sowie zu Fleisch- und Fischgerichten verwendet. Geerntet wird im August bis September, wenn die Pflanze in der Blüte steht. Die frisch geernteten Kräuter besitzen einen starken Eigengeschmack und können den Geschmack anderer Kräuter leicht überdecken. Getrocknetes Kraut verliert schnell an Würzkraft. Wichtig: Basilikum sollte nicht mitgekocht werden!

Beifuß

Artemisia vulgaris

Beifuß ist eine ausdauernde Wildstaude aus der Familie der Korbblütler (Compositae). Er ist in ganz Europa, Asien und auch Nordamerika verbreitet. Ähnlich wie der verwandte Wermut wächst die buschige Staude bis 1,5 m heran. An den aufrechten Stängeln sitzen fiederlappig geteilte Blätter; die unscheinbaren, weißlich gelben Blütenstände erscheinen von Juli bis Oktober.

Standort: Der Beifuß ist eine konkurrenzstarke Pionierpflanze, die sich in der freien Natur auf offenen Böden, Schutt- und Geröllhalden und Wegrändern ansiedelt. Sie ist anspruchslos und wächst nahezu überall.

Pflege: Aufgrund der enormen Wuchskraft sollten nur wenige Beifuß-Exemplare im Kräutergarten angepflanzt werden. Düngen, Bodenverbesserung oder Bewässerung ist nicht nötig. Man kann Beifuß vom Naturstandort entnehmen oder auch in gut sortierten Gärtnereien als Jungpflanze kaufen.

Ernte und Verwendung: Der Beifuß ist eine alte und sehr weit verbreitete Heil- und Gewürzpflanze. Zum Würzen von Fleischgerichten dürfen nur die getrockneten Blüten verwendet werden. Die Blätter sind zum Zeitpunkt der Blüte bitter und ungenießbar. Für Heilzwecke verwendet man junge Blätter der noch nicht blühenden Pflanze. Der Aufguss wirkt z. B. appetitanregend. Außerdem werden getrocknete Beifußbüschel zum Vertreiben von Motten, Fliegen und Mücken verwendet.

Beinwell

Symphytum officinale

Beinwell ist eine in ganz Europa weit verbreitete, mehrjährige Wildstaude; sie gehört zur Familie der Raublattgewächse (Boraginaceae). Die Pflanze wurde schon im Altertum, wie auch der Name besagt, zur Heilung von Knochenbrüchen und Gelenkverletzungen verwendet. Beinwell wächst mit krautigen,

Beinwell als Düngemittel

Beinwellbrühe eignet sich als Düngung für den Biogarten. Frisch geschnittene Beinwellstauden werden in einem Eimer Wasser zehn Tage lang in der Sonne leicht vergoren. Die Pflanzen werden dabei täglich mit einem Stock gestoßen und gerührt. 1 l dieser Brühe wird mit 10 l Wasser verdünnt. Mit dieser Verdünnung werden die Pflanzen direkt an den Wurzeln gegossen.

vierkantigen, aufrechten Stängeln bis zu einer Höhe von 80 cm; er blüht von Mai bis Juli rosa-violett. Die Blätter sind, wie bei Raublattgewächsen typisch, behaart und spitz-lanzettlich geformt.

Standort: Beinwell gedeiht auf feuchten, nährstoffhaltigen, tiefgründigen Böden und lässt sich leicht an einem halbschattigen Standort im Garten ansiedeln. Jungpflanzen erhält man in der gut sortierten Staudengärtnerei. Man kann aber auch einzelne Wurzelstücke von frei in der Natur wachsenden Exemplaren sammeln und etwa 5 bis 10 cm tief im Kräutergarten eingraben.

Pflege: Da die Pflanze wüchsig ist, sollte man einen Abstand von 40 cm einhalten. Beinwell braucht kaum Pflege, wichtig ist allerdings ein ständig feucht gehaltener Untergrund. Saatgut ist im Versandhandel erhältlich.

Ernte und Verwendung: Als heilkräftige Pflanzenteile werden im Frühling oder Herbst einzelne Wurzeln entfernt, gewaschen und in der Sonne getrocknet. Als Brei zubereitet, dienen sie zur Linderung von Gelenkschmerzen und zur Förderung der Wundheilung. Aus frischen Beinwellblättern kann man außerdem ein feines Gemüse zubereiten.

Bohnenkraut

Satureja hortensis

Das einjährige Bohnenkraut, auch Wurst- oder Garten-Bohnenkraut genannt, gehört zur Familie der Lippenblütler. Die 20 bis 30 cm niedrige Pflanze wurde bereits im Mittelalter aus Südeuropa und Ostasien eingeführt. Bohnenkraut blüht weiß bis rosaviolett von Juni bis September. Ein naher Verwandter ist das Winter-Bohnenkraut (Satureja montana). Diese mehrjährige Steingartenstaude wird in der Küche wie das Garten-Bohnenkraut verwendet.

Standort: Das Bohnenkraut wird auf der Fensterbank Ende April/Anfang Mai in sandigem, nicht gedüngtem Substrat vorkultiviert. Ab einer Größe von 7 cm werden die kleinen Pflanzen auf etwa 10 cm Abstand verzogen. Ab Mitte Mai pflanzt man sie im Abstand von 25 cm an einen sonnigen und trockenen Ort ins Freiland. Eine zweite Generation kann man im Juli in Töpfen kultivieren, die dann im Herbst an das Küchenfenster gestellt werden und den Wintervorrat liefern.

Pflege: Die Pflanze besitzt ein großes Wärmebedürfnis und verträgt mäßige Trockenheit. Da sie an ihrem ursprünglichen Standort auf mageren, sandigen Böden gedeiht, darf Bohnenkraut im Garten nicht gedüngt werden.

Ernte und Verwendung: Die Pflanzen werden vor der Blüte, die etwa im Juni/Juli stattfindet, knapp über dem Boden abgeschnitten.

Verwendung in der Küche

Frische oder auch getrocknete Blätter und Zweigspitzen verwendet man zum Würzen von Hülsenfrüchten und auch fettem Fleisch.

Borretsch

Borago officinalis

Borretsch, auch Gurkenkraut genannt, ist einjährig und gehört zu der Familie der Borretschgewächse (Boraginaceae). Die Pflanze wird bis zu 80 cm hoch. Sie besitzt graue, mit feinen Borstenhaaren besetzte Blätter und Stängel. Ihren Ursprung hat die Pflanze in Mittel- bis Südeuropa. Der Borretsch ist konkurrenzkräftig und kann sich auch durch Selbstaussaat in Blumenwiesen jahrelang halten. Die hübsche Sommerblume passt sowohl als Zwischenpflanze ins Gemüsebeet als auch dekorativ in den Kräutergarten. Die blaue Blüte lockt den ganzen Sommer über

Bienen und Hummeln an. Durch seine vielen Inhaltsstoffe findet Borretsch auch als Heilpflanze Verwendung.

Standort: Das Kraut stellt keine großen Anforderungen an den Boden und gedeiht sowohl in voller Sonne als auch im Halbschatten.

Pflege: Lediglich bei humusarmen Böden empfehlen sich gelegentliche Kompostgaben. Ansonsten ist die Pflanze genügsam und anspruchslos. Wenn das wüchsige Kraut zu dicht wächst, wird es leicht von Blattläusen und Mehltau befallen.

Keine Topfkultur

Aufgrund des starken Wurzelwachstums ist diese beim Borretsch nicht zu empfehlen. Die Aussaat erfolgt ab April direkt ins Freiland. Die Samen werden im Abstand von 40 cm gesteckt und mit Erde bedeckt.

Ernte und Verwendung: Für die Küche werden ausschließlich junge frische Blätter verwendet. Borretschkraut eignet sich zum Würzen von Salaten, Mayonnaisen und Gemüsegerichten. Aber auch Kräuterbutter oder Quark bereichert der Borretsch durch seinen köstlichen Geschmack.

Brennnessel

Urtica dioica; U. urens

Die Brennnessel ist über den ganzen Erdball verbreitet. Man unterscheidet zwei Arten. Die zweihäusige Brennnessel (Urtica dioica) breitet sich stark durch Wurzelausläufer aus. Bei der einhäusigen Brennnessel (Urtica urens) sitzen weibliche und männliche Blütenstände auf einer Pflanze. Beide Arten sind Vertreter der Familie der Nesselgewächse (Urticaceae) und besitzen ähnliche Eigenschaften. Die Brennnessel wurde aufgrund ihrer Nesseleigenschaft und des üppigen Wuchses aus den Gärten verstoßen. Dies sicherlich zu Unrecht, da die Brennnessel seit alters her als essbare, vitaminreiche Pflanze bekannt ist.

Standort: Die Brennnessel stellt kaum Standortansprüche und kann, sofern die Erde ausreichend nährstoffhaltig und feucht ist, an ausgewählten Standorten im Garten angesiedelt werden. Dazu entnimmt man männliche Pflanzen der zweihäusigen Art aus der freien Natur. Samenvermehrung ist dann nicht möglich. Die Brennnessel treibt Wurzelaus-

Weitere Einsatzmöglichkeiten

Die Brennnessel ist auch als Blattlausbekämpfungsmittel sowie als natürliches Düngemittel bekannt. Die ganze Pflanze wird dazu in einem Eimer Wasser zur Gärung gebracht. Nach 24 Stunden kann die Brühe zur Schädlingsbekämpfung angewendet werden. Länger angesetzt, kann man sie als Pflanzendünger verwenden.

läufer und soll daher im Wurzelbereich eingeengt werden. Ansonsten überwuchert die Pflanze durch ihre enorme Konkurrenzkraft die anderen Pflanzen.

Ernte und Verwendung: Im Frühjahr und Sommer werden junge Blätter und Triebspitzen abgeschnitten und im Schatten getrocknet. Brennnesseltee wirkt blutreinigend und ist als Frühjahrskur ideal. Als Gemüse wird Brennnessel ähnlich wie Spinat zubereitet. Dabei verliert sie, wie auch in mit Essig angemachtem Salat, ihre Nesselfähigkeit. Klein geschnitten und gehackt kann man sie auch Suppen beigeben.

Dill

Anethum graveolens

Dill ist eine einjährige Pflanze und gehört zur Familie der Doldenblütler (Umbelliferae). Er wächst steil aufrecht bis zu einer Höhe von 1,20 m heran und bildet ab Ende Juni feine Doldenblüten aus. Die altbekannte Gewürzpflanze ist aus dem Orient nach Mittel- und Südeuropa eingewandert. Über die mittelalterlichen Klostergärten fand er bei uns Einzug. Die Pflanze ist reich an Vitamin C und Mineralstoffen.

Standort: Der Dunkelkeimer kann bereits ab April an einen sonnigen und windgeschützten Standort ins Freie gesät werden. In einem Reihenabstand von etwa 15 bis 20 cm werden die Samen nur leicht angedrückt. Nach der Aussaat ist unbedingt darauf zu achten, dass die Erde feucht bleibt. Der alte Grundsatz „Dill macht, was er will" gilt für das unregelmäßige Keimen und die Standortuntreue. Da Dill nur als junge Pflanze geerntet wird, sollten mehrere Saatenfolgen vorgenommen werden. Er eignet sich auch zur Kultivierung in Töpfen oder Balkonkästen. Besondere Anforderungen an das Substrat stellt er dabei nicht. Staunässe ist jedoch unbedingt zu vermeiden. Die Samen besitzen

Auf der Blumenwiese

Da Dill auch hier gedeiht, können Sie übrig bleibenden Samen auf diese Weise sinnvoll verwerten.

eine sehr unterschiedliche Keimfähigkeit. Sie sollten deshalb mit dem Saatgut nicht sparen: etwa 2 bis 3 g Samen pro Quadratmeter sind zu empfehlen. Aufgrund der geringen Blattmasse kann Dill sehr dicht stehen.

Pflege: Regelmäßiges Gießen ist notwendig, da die Pflanze nur bedingt Trockenheit verträgt. Um Vergilbungen und Austrocknung vorzubeugen, sollte Dill dicht stehen, sodass der untere Stielbereich immer beschattet ist. Dill ist ein klassisches Salatkraut.

Ernte und Verwendung: Die frischen, feinen Blätter junger Pflanzen werden ab Juni bis September geerntet. Besonders Gurkensalat, aber auch Soßen, Mayonnaisen und Fisch werden mit Dill gewürzt.

Estragon

Artemisia dracunculus

Der 1,20 m hohe Korbblütler (Compositae) hat einen verholzten, stark verzweigten Aufbau mit schmalen lanzettförmigen Blättern. Die Blüte ist unscheinbar weißlich grün und blüht von August bis Oktober. Man unterscheidet zwei Sorten: russischen und französischen (auch deutschen) Estragon. Ersterer ist robuster, aber weniger würzkräftig, der französische Estragon ist kälteempfindlicher und kann nicht im Freien überwintern.

Standort: Der Estragon wird auf der Fensterbank ab Ende April vorkultiviert. Dabei steckt man die Samen etwa 1 cm in den leicht gedüngten Anzuchttopf. Ende April kann man ihn mit einem Pflanzabstand von 50 cm an einen geschützten Platz ins Freiland versetzen. Der Boden sollte nährstoffhaltig und humos sein. Estragon wächst sowohl in der Sonne als auch im Halbschatten.

Pflege: Kompostgaben und regelmäßige Bewässerung bringen eine gute Ernte. Da die mehrjährige Staude nicht ganz winterhart ist, sollte sie ab Herbst als Kübelpflanze über-

Rückschnitt

Zur Verjüngung können ältere und stark verholzte Pflanzen im Frühjahr bis zum Grund zurückgeschnitten werden.

wintert werden. Aber auch der russische Estragon muss im Winter durch Fichtenreisig oder Laub geschützt werden.

Ernte und Verwendung: Die frischen zarten Blätter würzen Soßen, Marinaden, Kräuterbutter, Suppen aller Art. Aber auch Hackfleisch, Geflügel, Fisch und Omelettes werden mit Estragon oder Estragonsenf verfeinert. Da er sehr intensiv im Geschmack ist, sollte er nur sparsam dosiert werden. Getrocknet findet Estragon ebenso Verwendung in der Küche.

Kapuzinerkresse

Tropaeolum-Hybriden

Die Kapuzinerkresse ist eine attraktive einjährige Schlingpflanze. Sie wächst schnell und üppig mit zierlicher Belaubung. Die hübsch blühende Pflanze berankt Außenwände, taucht unschöne Mauern in eine farbenfrohe Sommerhecke. Die Kapuzinerkresse kann bis zu 2 m hohe Triebe entwickeln, die 25 bis 30 cm hohe Büsche bilden, wenn sie kein Rankgerüst hat. Die Blütenfarben variieren zwischen gelb, orange bis feuerrot. Interessant dazu sind auch die schildförmigen Blätter.

Standort: Diese Pflanze möchte in voller Sonne und möglichst windgeschützt stehen. Bei zu wenig Licht bildet die Pflanze viele Blätter, aber wenig Blüten.

Pflege: Der üppige Blüher braucht eine lehmig-sandige Garten- oder Einheitserde. Ist der Boden zu nährstoffreich, bilden die Pflanzen vermehrt Blätter anstelle der erhofften Blüten. Die Pflanze verlangt nach einer reichlichen Wasserversorgung, sollte aber nur alle zwei Monate gedüngt werden.

Ernte und Verwendung: Das Kraut und die Blüten werden zur Blütezeit (Juli bis Oktober) frisch verwendet. Als Beigabe zu Salat verleihen besonders die auffallend gefärbten, dekorativen Blüten eine exotische Note. Der frische Saft der Blüten und Blätter wirkt außerdem schleimlösend und beruhigt Hustenreiz. Aufgrund des scharfen Geschmacks der Senföle sollte die Kapuzinerkresse nur in geringen Mengen eingenommen werden.

Hohe Gewächse

Kapuzinerkresse eignet sich hervorragend als einjährige Begrünung am Zaun oder Kletterspalier. Bei ausreichender Nährstoffversorgung und sonniger Lage können die Pflanzen bis zu 2 m hoch werden.

Kerbel

Anthriscus cerefolium

Der Gartenkerbel ist heute eine etwas seltener verwendete Würzpflanze. In der Vergangenheit war Kerbel allerdings in den Kräutergärten weit verbreitet. Die ursprüngliche Form ist in Südosteuropa, Südrussland und Westasien beheimatet. Ein naher Verwandter des Gartenkerbels ist der Wiesenkerbel, eine bei uns heimische Wildform (Anthriscus sylvestris), die sich jedoch nicht als Gewürz eignet. Der Kerbel ist einjährig und gehört zur Familie der Doldenblütler (Umbelliferae). Mit zarten, hellgrünen Blättern wird er etwa 40 bis 60 cm hoch. Die weißen Doldenblüten erscheinen bereits im Mai und blühen den ganzen Sommer über.

Standort: Die Pflanze ist unempfindlich gegen Kälte und stellt keine großen Ansprüche an den Standort. Empfindlich ist sie gegen Zugwind und Trockenheit. Man kann mit der Anzucht bereits Anfang März auf der Fensterbank beginnen. Dabei wird in Kästen oder Töpfen im Reihenabstand von 20 cm flach eingesät. Nach vier bis sechs Wochen ist er je nach Wachstumsbedingungen bereits erntereif und gehört deswegen zu den Frühjahrsleckerbissen. Durch die Kälteunempfindlichkeit kann er aber auch Ende März direkt ins Freiland gesät werden. Wenn die Pflanzen zu groß sind und zu dicht stehen, werden sie auf 10 cm verzogen.

Pflege: Gartenkerbel sollte regelmäßig bewässert werden. Ansonsten ist er anspruchslos und robust.

Ernte und Verwendung: Kerbel ist besonders frisch, aber auch getrocknet ein hervorragendes Gewürzkraut für Suppen, Salate, Kräuterbutter, Fisch- und Grillgerichte. Sehr bekannt ist die Kerbelsuppe mit frischen, klein gehackten Blättern. Hier darf das Kraut nicht mitgekocht werden. Der Kerbel eignet sich hervorragend zum Einfrieren, da sich das Aroma voll erhält.

Knoblauch

Allium sativum

Der Knoblauch ist eine Zwiebelpflanze und gehört zur Familie der Liliengewächse (Alliaceae). Sein Ursprungsgebiet hat die Zwiebel wohl in Asien. Sie treibt bis zu 30 cm lange Blätter und schiebt den Blütenstiel etwa 1 m hoch. Der kugelige Blütenstand trägt die Brutknospen.

Standort: Der Knoblauch bevorzugt lockere und nährstoffreiche Böden. Bei ausreichender Nährstoffversorgung gedeiht er auch im Halbschatten. Die Zehen oder Brutzwiebeln steckt man im Abstand von 20 cm bereits im April etwa 5 cm tief in die Erde.

Pflege: Da die Pflanze nicht ganz winterhart ist, lässt man einzelne Blütenstände ausreifen und erntet die Brutzwiebeln für die Pflanzung im Frühjahr. Die Pflege beschränkt sich darauf, den Boden locker zu halten.

Ernte und Verwendung: Die Knoblauchknolle wird im Herbst vorsichtig mit der Grabgabel aus dem Boden gehoben. Gesäubert und an der Luft getrocknet, kann man sie monatelang aufbewahren. Sowohl als Gewürz als auch als Heilpflanze werden die Knoblauchzehen frisch oder gepresst verwendet.

Kresse

Lepidium sativum

Auch die zur Familie der Kreuzblütler gehörende Gartenkresse ist bei uns keineswegs heimisch, sondern hat ihren Ursprung im nahen Orient. Ausgewachsen erreicht das einjährige Kraut 40 bis 50 cm Höhe. Die kleinen weißen bis rosafarbigen Blüten erscheinen ab Juni. Bekannt ist die Kresse vor allem durch die rasche Keimdauer und die einfache Anzucht. Mit Kresse kann man Kindern innerhalb weniger Tage das Keimen und das Wachstum von Pflanzen anschaulich darstellen.

Standort: Da Kresse kaum Ansprüche an Standort und Boden stellt, kann sie sowohl auf nährstoffarmem als auch nährstoffreichem Substrat gezogen werden. Die Aussaat ins Freie erfolgt bereits ab März. Der Samen

muss allerdings ständig feucht gehalten werden, keimt dann aber innerhalb von zwei bis drei Tagen. Völlig unproblematisch keimt die Kresse das ganze Jahr über auf der Fensterbank in einer Keimbox oder sogar nur auf feuchten Küchentüchern. Der keimende Samen klebt auf feuchten Unterlagen und kann sogar an kugeligen Gebilden wie Terrakotta-Igeln gezogen werden.

Pflege: Gartenkresse benötigt frisch bis feuchten Boden und welkt rasch bei Trockenheit. Die Kresse wird bei einer Höhe von 5 bis 7 cm abgeschnitten. Die Pflanze steht das ganze Jahr über zur Verfügung; das Trocknen ist daher nicht notwendig. Die frischen, abgeschnittenen Blätter haben ein scharfes und frisches Aroma. Vor allem im Winter bereichern sie Salate, Quark oder Kräutersuppen. Die Gartenkresse ist besonders vitaminreich; sie regt den Stoffwechsel und die Bildung roter Blutkörperchen an.

Liebstöckel

Levisticum officinale

Auch der Liebstöckel ist eine Gewürzpflanze aus dem Orient. Im 12. Jahrhundert wurde sie nach Mitteleuropa über Italien eingebürgert. Als Standardgewürz für Suppen wird sie seither vor allem in Deutschland, der Schweiz und in Slowenien angebaut. Liebstöckel ist ein mehrjähriger Doldenblütler; er wird bei nährstoffhaltigen Böden bis zu 1,5 m hoch.

Standort: Die Pflanze bevorzugt nährstoffreichen, lehmhaltigen Boden. Auch für viel Sonne und Wärme ist sie dankbar. Da Liebstöckel eine enorme Größe erreicht und auch sehr tief wurzelt, eignet er sich nicht für die Kultivierung in Töpfen oder Balkonkästen.

Pflege: Der robuste Liebstöckel benötigt kaum Pflege. Allerdings vergilben die Blätter bei Trockenheit rasch. Für ausreichende Feuchtigkeit ist daher immer zu sorgen. Gelegentliche Kompostgaben gleichen den Nährstoffentzug des wüchsigen Krauts wieder aus.

Ernte und Verwendung: Die frischen jungen Blätter können während der ganzen Vegetationsperiode geerntet werden. Getrocknet verlieren sie rasch an Würzkraft. Der Liebstöckel verfeinert Suppen, Salate, Hackfleisch, Lamm- und Schweinefleischgerichte. Das Kraut sollte zum Würzen nur in kleinen Mengen verwendet werden.

Löwenzahn

Taxacum officinale

Der Löwenzahn ist ein in ganz Europa verbreiteter Vertreter der Korbblütlergewächse (Compositae), eine Pflanze, die wohl jeder kennt. Kinder nutzen sie als „Pusteblume" oder basteln aus den Blüten und Blütenstängeln Kränze und Ketten. Bereits im 15. Jahrhundert wird sie als Heilpflanze und Wundkraut benannt. Löwenzahn wächst mit einer grundständigen Blattrosette, aus der bis zu 40 cm hohe Blütenstände an einem hohlen rötlich überlaufenden Stängel emporwachsen. Die Pflanze blüht bereits ab März bis spät in den Oktober hinein. Löwenzahn verbreitet sich durch den Wind und siedelt sich im Garten auch an ungewollten Orten wie Rasen oder Ziergartenbeeten beständig an. Durch die lange Senkwurzel kann man ihn schlecht entfernen. Deshalb wird die heilkräftige Pflanze oft als Unkraut angesehen.

Verwendung als Heilmittel

Mit voll entwickelten Löwenzahnblüten lässt sich ein wohlschmeckender Hustensirup leicht selbst herstellen. Man kocht dazu zwei große Gläser Löwenzahnblüten in etwa 1 l Wasser zehn Minuten ein. Der Sud wird in 1 kg geröstetem Zucker langsam eingerührt und so lange gekocht, bis eine zähe Masse entsteht.

Standort: Der Löwenzahn, in Süddeutschland auch Milchscheckel genannt, wächst auf allen Böden, sowohl in der Sonne als auch im Halbschatten. Über den Versandhandel kann man keimfähiges Saatgut bestellen. Man sät in Reihen mit 50 cm Abstand direkt ab März ins Freiland. Wer Löwenzahn bevorzugt als Salat verwenden will, kann die aufkeimenden Pflanzen mit einem Brettchen abdecken. Das Kraut bleibt durch diese Abdeckung hellgelb und zart.

Ernte und Verwendung: Löwenzahn kann frisch geerntet direkt verzehrt werden. Ebenso ist die Zubereitung von Aufgüssen möglich. Zur Verwendung in der Küche nimmt man die jungen, noch nicht ausgereiften Blätter und schneidet sie an der Blattrosette glatt ab. Ältere Blätter schmecken bitter. Als frischer Gartensalat gilt er besonders in Frankreich und Italien als Delikatesse. Zum Trocknen werden Blätter und Wurzeln gewaschen und an der Luft in Stücke geschnitten getrocknet. Sowohl das frische Kraut als auch getrocknet wirkt Löwenzahn drüsenanregend. Er reguliert die Tätigkeit des Magen-Darmtrakts und regt Leber- und Gallentätigkeit an.

Majoran

Origanum majorana

Der mit dem Oregano (Origanum vulgare) verwandte Lippenblütler (Labiatae) ist im östlichen Mittelmeergebiet bis nach Indien verbreitet. In seiner Heimat ist der Majoran ausdauernd, bei uns jedoch nur schwer zu überwintern. Die filzig behaarte Pflanze erreicht nur etwa 30 bis 50 cm Höhe. Der Wuchs ist mit stark ästigen Stängeln bogig aufwärtsstrebend. Ab Juli bis in den Oktober zeigen sich kleine weiße bis rosarote Blüten am Ende der Zweige.

Standort: Majoran bevorzugt lockeren, leicht kalkhaltigen Boden. Die Pflanze benötigt zum optimalen Gedeihen einen warmen und sonnigen Standort. Bereits bei leichter Berührung verströmt der Majoran einen stark aromatischen Geruch. Daher ist er als Duftkraut sehr beliebt. Die kälteempfindliche Pflanze kann auf der sonnigen Fensterbank ab März ausgesät werden. Als Lichtkeimer wird der Majoransamen nur leicht angedrückt; später wird er auf 15 cm in kleinen

Horsten zu je vier Stück vereinzelt. Das Auspflanzen erfolgt im Mai. Besser ist es jedoch, kräftige Pflänzchen in der Gärtnerei zu kaufen. Nach dem Pflanzen sollte eine Hand voll Kompost als Startdüngung gegeben werden.

Pflege: Für gelegentliche Nährstoffgaben ist Majoran dankbar. Als Anpassung an Trockenheit dient die graufilzige Behaarung und die kleine Blattform. Nur bei lang anhaltenden Trockenperioden muss gegossen werden. Majoran kann man durch Rückschnitt zum Austrieb aus der Basis anregen. Die Pflanze wird dann buschig und in ihrer Form geschlossener.

Ernte und Verwendung: Das in Mittel- und Südeuropa weit verbreitete Gewürz wird sowohl getrocknet als auch frisch verwendet. Die kleinen Blätter des Majoran können laufend geerntet werden. Sie verfeinern sowohl Suppen als auch Fleischgerichte. Kurz vor Beginn der Blüte sollte das Kraut zum Trocknen geerntet werden.

Oregano

Origanum vulgare

Der auch in den gemäßigten Breiten Europas verbreitete Oregano oder Wilde Majoran überwintert in den heimischen Gärten. Als mehrjähriger Lippenblütler ist er besonders für Hummeln und Wildbienen eine begehrte Blütenweide. Der Oregano ist herber und intensiver im Geschmack als der Gartenmajoran. Ebenso ist sein Duft kräftiger. Im Wuchs und Aussehen ähnlich wie der Gartenmajoran, erreicht der Oregano etwa eine Höhe von 50 cm.

Standort: An sonnigen Terrassen und Steingärten hat er seinen idealen Platz. Da der Oregano auch in der freien Natur an kargen, sonnigen Berghängen wächst, ist er robuster und hat einen geringen Nährstoffbedarf. Oregano wird ab Mai direkt ins Freiland gesät. Der Boden sollte leicht kalkhaltig und durchlässig sein. Die wüchsige Pflanze wird auf 30 cm vereinzelt. Ist der Standort geschützt und nicht stark gedüngt, überdauert die Pflanze viele Jahre. Sowohl Samen als auch Pflanzen können in der Natur gesammelt werden; Saatgut ist jedoch auch im Versandhandel erhältlich.

Pflege: Ein Rückschnitt der vertrockneten Zweige im Frühjahr wirkt wachstumsför-

Oregano in der Küche

Das Kraut wird vorwiegend getrocknet, gerebelt oder gemahlen verwendet. Vor der Blütezeit schneidet man ganze Stängel ab und hängt sie an einem geschützten Ort in Bündeln auf. Der Oregano entwickelt seine Würzkraft erst beim Erhitzen oder Kochen. Da sein Geschmack sehr intensiv ist, sollte er nur sparsam verwendet werden.

dernd. Ansonsten ist die Pflanze anspruchslos und überdauert sogar in der Blumenwiese.
Ernte und Verwendung: Ab Juli bis September zeigt der Oregano seine dekorative hellviolette Blüte. Die Inhaltsstoffe wirken krampflösend und beruhigend. Besonders die italienische und französische Küche schätzt den würzigen und intensiven Geschmack des Oregano.

Petersilie

Petroselinum crispum

Petersilie gehört wohl zu den bekanntesten Gewürzpflanzen überhaupt. Bereits 5 g frisches Kraut decken den täglichen Bedarf an Vitamin A. Darüber hinaus erhält Petersilie noch die Vitamine B und C sowie viele Mineralien. Die Pflanze ist als Blatt- oder Wurzelpetersilie in vielen Sorten erhältlich. Krause Petersilie ist robuster, aber weniger intensiv im Geschmack als glattblättrige Formen.
Standort: Beide Sorten stellen kaum Ansprüche an den Boden und wachsen sowohl in der Sonne als auch im Halbschatten. Im Garten sollten stets mehrere Sorten angebaut werden, die sich auch in der Würzkraft unterscheiden. Eine zweite Generation, im August ausgesät, kann bis in die Wintermonate geerntet werden. Petersilie darf niemals am selben Ort gezogen werden, da sie mit sich selbst nicht verträglich ist. Die Ansaat erfolgt im Abstand von 25 cm in Reihen.

Die Keimung ist langwierig und dauert unter Umständen drei bis sechs Wochen. Der Samen sollte ein bis zwei Tage in handwarmem Wasser vorkeimen. Um das Keimverhalten beeinflussen zu können, ist die Vorkultivierung in Schalen zu empfehlen. Die Erde samt den Pflänzchen kann man dann später direkt an den vorgesehenen Standort einsetzen. Da Petersilie auch hervorragend in Töpfen am Balkon oder auf der Fensterbank gedeiht, kann sie das ganze Jahr über Verwendung finden.
Pflege: Bei Trockenheit vergilben die Blätter rasch. Regelmäßiges Gießen ist notwendig. Beim Schnitt ist wichtig, dass die Herzblätter stehen bleiben, sonst geht die Pflanze ein.
Ernte und Verwendung: Petersilie wird hauptsächlich frisch verwendet. Krause Sorten eignen sich hervorragend zur Dekoration von Salaten und kalten Platten. Glattes Petersilienkraut wird feingehackt Eier-, Fisch- und Gemüsegerichten zugegeben. Wurzelpetersilie verwendet man hauptsächlich zur Zubereitung von Suppen. Krause und auch

glatte Petersilie darf nicht mitgekocht werden. Petersilie ist ein anregendes und verdauungsförderndes Mittel.

Pimpinelle

Sanguisorba minor

Die Pimpinelle gehört zu der Familie der Rosengewächse (Rosaceae). Die Pflanze ist auch als Kleiner Wiesenknopf bekannt. Ursprünglich wächst sie im mittel- und südeuropäischen Raum. Ausdauernd bildet die kleine Staude zart gefiederte Blätter und bis zu 60 cm hohe Blütenstände aus. Von Mai bis Juni erscheinen unscheinbare rötlich grüne Blüten. Bereits im 16. Jahrhundert war die Pimpinelle als Würz- und Heilkraut bekannt. Ähnliche heilkräftige Wirkung besitzt der nah verwandte Große Wiesenknopf (Sanguisorba major). Leider ist der Kleine Wiesenknopf aus vielen Gärten verschwunden. Die Pflanze ist vielfältig verwendbar, deshalb hat sie einen Platz im Kräuterbeet oder in der Kräuterwiese verdient.

Standort: Die Pimpinelle bevorzugt mageren, leicht kalkhaltigen, humosen Boden in sonniger Lage. Man kann bereits ab März direkt ins Freiland säen. Nach dem Auflaufen der Pflänzchen lichtet man stark aus, sodass die kräftigsten Pflanzen im Abstand von 20 cm verbleiben. In Trockenperioden muss bewässert werden. Staunässe verträgt die Pimpinelle nicht.

Ernte und Verwendung: Frische Blätter können während der ganzen Vegetationsperiode geerntet werden. Selbst im Herbst stehen noch ausreichend grüne Blätter zur Verfügung. Klein geschnitten verfeinern sie Salate und eignen sich zum Würzen von Fischgerichten und Mayonnaise. Frische zerstoßene Blätter können als Breiumschlag zur Blutstillung verwendet werden. Innerlich angewendet, wirkt der Kleine Wiesenknopf als Tee harntreibend und verdauungsfördernd. Dazu werden 30 g Blätter mit 1 l kochendem Wasser überbrüht und der Absud nach zehnminütigem Ziehen heiß getrunken.

Rosmarin

Rosmarinus officinalis

Der langsam wachsende Strauch trägt schmale Blättchen, die bei Berührung einen sehr angenehmen Duft verbreiten. Rosmarin blüht von Mai bis Juni mit hellblauen Lippenblüten, ähnlich einer Taubnessel.

Pflegetipp

Wer Rosmarin als Topfpflanze hält, sollte seine Blätter von Zeit zu Zeit mit Wasser abbrausen. Staub und Schmutz schaden den feinen Trieben.

Standort: Rosmarin gedeiht und entwickelt seinen Duft nur bei einem vollsonnigen, hellen Standort. Die Pflanze sollte während der Sommermonate an einem geschützten Platz stehen. Sie können die Pflanze mit ihren nadelartigen Blättchen in den Wintermonaten auch im Freien stehen lassen. Allerdings dürfen Sie Rosmarin nicht in Töpfen oder Kübelgefäßen im Freien überwintern, sondern er muss in der Erde sein. Zusätzlich ist die Pflanze mit Fichtenreisig abzudecken. Ansonsten kann Rosmarin in einem kühlen, hellen Raum bei 10 °C überwintern.

Pflege: Rosmarin ist eine robuste Staude. Gießen sollten Sie die Pflanze nur mäßig, denn auf Staunässe reagiert sie äußerst empfindlich. Im Winter wird sie nur noch minimal gegossen, sodass der Ballen nicht austrocknet. Rosmarin braucht weder im Sommer noch im Winter gedüngt zu werden. Alle zwei Jahre sollten Sie die Gewürzpflanze umtopfen.

Ernte und Verwendung: Da die Pflanze sehr langsam wächst, werden Blätter und Triebspitzen nur vorsichtig gepflückt. Sowohl frisch als auch getrocknet passt Rosmarin besonders zu Grillgerichten, Lammfleisch, Fisch und Wildbret. Auch Soßen lassen sich damit würzen. Das sehr aromatische Kraut darf nur spärlich verwendet werden.
Die Aufbewahrung erfolgt möglichst in lichtgeschützten, verschlossenen Gefäßen.

Salbei

Salvia officinalis

Der robuste Kleinstrauch ist ein fester Bestandteil für jeden Kräutergarten. Das Mittelmeergewächs gehört zur Familie der Lippenblütler (Lamiaceae). Die graugrünen, spitz zulaufenden Blätter haben eine leicht gewölbte und strukturierte Spreite. Versetzt gegenständig sitzen sie an den krautigen, vierkantigen Stängeln. Von Juni bis August erscheinen die blauvioletten Blüten. Salbei kann bis zu 60 cm hoch werden.

Standort: Salbei benötigt trockene, leicht kalkhaltige Böden. Der Standort sollte in sonniger Lage und windgeschützt sein. Man kann Salbei im Frühjahr durch Aussaat vermehren; auch die Teilung älterer Pflanzen ist möglich. Besser ist es, Salbeipflanzen beim Gärtner zu kaufen. Gesät wird ab Mai direkt ins Freiland. Die Jungpflanzen setzt man im Abstand von 40 cm ins Kräuterbeet. Selbst im Ziergarten oder an der Terrasse wirkt Salbei dekorativ und erfreut durch seinen Duft.

Pflege: Der echte Salbei ist genügsam, eine einmalige Kompostgabe im Frühsommer ernährt die Pflanze über das ganze Jahr. Nur in Trockenperioden muss gegossen werden. In klimatisch rauen Lagen sollte Salbei über den Winter mit Stroh abgedeckt werden. Ältere Pflanzen kann man im Frühjahr auf etwa 15 cm zurückschneiden. Man regt dadurch den Strauch zum kräftigen Austrieb an.

Ernte und Verwendung: Vor der Blüte werden Blätter- und Triebspitzen getrocknet. Für gebratenes Fleisch können einzelne frische Blätter verwendet werden. Getrocknet würzt Salbei Hammel- und Lammfleisch. Auch zu Wild und Geflügel passt dieses Gewürz. Einige gehackte Blätter auf den Tomatensalat gestreut, geben ihm eine italienische Note.

Sauerampfer

Rumex acetosa

Der Sauerampfer, auch Gartenampfer und Ochsenzunge genannt, gehört zu der Familie der Knöterichgewächse (Polygonaceae). Er wächst in Mitteleuropa weit verbreitet an Wegrändern, Wiesen und Weiden und erreicht eine Höhe von 60 cm. Besonders im Frühjahr ist Ampfer als vitaminreicher und säuerlich frisch schmeckender Wildpflanzensalat bekannt. Man sollte Sauerampfer allerdings nur in kleinen Mengen zu sich nehmen, da er besonders bei Kindern durch den Oxalsäuregehalt Vergiftungen hervorrufen kann. Überbrüht oder gekocht ist er seit langem in der Kräuterküche bekannt. Die Pflanze bildet aus der Wurzel pfeilförmig aufstrebende Blätter und treibt von Mai bis Juli weiß-rosa gefärbte Blütenrispen hervor.

Standort: Der Sauerampfer bevorzugt im Garten feuchten, nährstoffhaltigen und humusreichen Boden in sonniger bis halbschattiger Lage.

Pflege: Die robuste und ausdauernde Pflanze benötigt nur bei anhaltenden Trockenperioden Wassergaben. Sauerampfer kann aus der freien Natur in die Gärten verpflanzt werden, aber auch die Ansaat, z. B. der Kulturform R. var. hortensis, ist möglich. Dazu wird ab April im Reihenabstand von 20 bis 25 cm ausgesät. Man lichtet die aufgehenden Pflänzchen bis auf die kräftigen Pflanzen im Abstand von 20 cm aus.

Ernte und Verwendung: Sauerampfer kann während der gesamten Vegetationsperiode geerntet werden. Besonders die jungen Blätter werden verwendet. Klein geschnitten verfeinern einzelne Blätter Frühjahrssalate und geben einen wildsäuerlichen erfrischenden Beigeschmack. Gekocht können Sie Sauerampfer ähnlich wie Spinat zubereiten. Bei Abschürfungen, kleinen Verbrennungen und kleinen Schnittwunden legt man zerriebene Blätter zur Kühlung und zur Wundheilung auf.

Schafgarbe

Achillea millefolium

Die Gewöhnliche Schafgarbe ist ein Vertreter der Korbblütler (Asteraceae) und wächst wild in ganz Europa, Asien, Nordamerika und Australien. Die weit verbreitete Staude ist bereits seit den alten Griechen als heilwirksames Kraut bekannt. In ihrer Wildform blüht sie von Juni bis Oktober hellweiß; sie wächst mit fein gefiederten Blättern bis zu einer Höhe von 50 cm. Die Schafgarbe, auch Achilleskraut genannt, ist konkurrenzstark und leicht anzusiedeln. Schafgarbe sollte in keinem Kräutergarten fehlen.

Standort: Die anspruchslose Pflanze wächst auf nahezu jedem Boden und bevorzugt sonnige Standorte. Selbst in der Blumenwiese treibt sie jedes Jahr von Neuem aus. Man kann die Pflanze aus der freien Natur in den Garten versetzen oder ab April im Reihenabstand von 30 cm direkt aussäen. Zierformen der Schafgarbe eignen sich für die Kräutergärten nicht.

Pflege: Die Schafgarbe benötigt so gut wie keine Pflege.

Ernte und Verwendung: Die blühenden Sprossspitzen und Blätter werden an einem luftigen und schattigen Standort gebündelt zum Trocknen aufgehängt. Der daraus zubereitete Tee wirkt stoffwechselanregend und blutreinigend. Er reguliert die Tätigkeit des Magen- und Darmtrakts. Man kann die Schafgarbe auch als Badezusatz verwenden. Besonders bei Akne, leichten Hautverletzungen sowie Wundsein lindert Schafgarbe die Beschwerden und wirkt wundheilend.

Schnittlauch

Allium schoenoprasum

Der Schnittlauch ist wohl eines der bekanntesten Gewürzkräuter im Garten. Die Zwiebelpflanze aus der Familie der Liliengewächse (Alliaceae) treibt röhrenförmige, dunkelgrüne Blätter bis zu einer Höhe von 40 cm. Von Mai bis August erscheinen zahlreiche rosarote bis violette Blütenstände. Schnittlauch ist mehrjährig und überwintert zuverlässig als Zwiebel im Boden.

Standort: Schnittlauch bevorzugt feuchten, nährstoffreichen, leicht kalkhaltigen Boden. Da Schnittlauch sowohl in sonnigen als auch halbschattigen Gärten wächst, ergibt sich eine große Standortpalette. Ab April kann man Schnittlauch direkt ins Freiland säen. Kleine Pflänzchen werden in Büscheln im Abstand von 20 cm verpflanzt. Wird der Boden ausreichend feucht gehalten, treibt die Pflanze bis in die Sommermonate hinein. Wer auch im Winter das schmackhafte, vitaminreiche Kraut frisch ernten will, kann einige Horste nach den ersten Frösten ausstechen und in Töpfen am sonnigen Fenster weiterziehen.

Pflege: Die Erde sollte immer gut mit Nährstoffen versorgt und feucht sein. Besonders in Trockenmonaten ist für ausreichende Bewässerung zu sorgen. Die Pflanze ist konkurrenzfähig und verwildert sogar in der Wiese.

Ernte und Verwendung: Schnittlauch kann das ganze Jahr über geerntet werden. Die Pflanze lässt sich fein geschnitten sowohl frisch als auch gekocht zu vielen Speisen verwenden. Besonders gut passt Schnittlauch zu Suppen-, Soßen- und Kartoffelgerichten. Aber auch Salate, Kräuterquark und Kräuterbutter lassen sich verfeinern.

Thymian

Thymus vulgaris

Der Echte Thymian oder Gartenthymian gehört zur Familie der Lippenblütler und stammt aus dem westlichen Mittelmeergebiet. Der 15 bis 40 cm hohe Halbstrauch wächst halb kriechend, halb bogig aufrecht und besitzt kleine, an der Unterseite filzige Blätter. Die hellroten Blütenstände erscheinen von Mai bis Oktober. Echter Thymian ist mehrjährig und in vielen Kulturformen erhältlich. Allein der französische Thymian eignet sich nicht zur Freilandkultur, da er nicht winterhart ist.

Standort: Die robuste Pflanze verlangt leichten, sandigen Boden in sonniger, aber wind- und regengeschützter Lage. Ein idealer Platz ist der Fels- oder Steingarten. Man kauft die Pflanze besser beim Gärtner. Die Ansaat ist schwierig. Sie erfolgt am besten ab April direkt ins Freiland. Ältere verholzte Pflanzen eignen sich sehr gut zur Teilung. Auch das Ziehen von Stecklingen ist möglich. Da sich die Pflanze durch ihren kriechenden Wuchs stark ausbreiten kann, sollte der Pflanzabstand mindestens 30 cm betragen.

Pflege: Echter Thymian ist auf trockenen, mageren Böden ursprünglich beheimatet.

Natürlicher Duftspender

Thymian duftet bereits bei leichter Berührung sehr aromatisch. Er eignet sich daher ideal als Duftpflanze im Eingangsbereich oder an der Terrasse.

Eine einmal im Jahr verabreichte Kompostgabe genügt als Nährstoffversorgung völlig aus. Zur Verjüngung älterer Pflanzen empfiehlt sich ein Rückschnitt auf 20 bis 25 cm. Im Herbst muss die Pflanze zum Schutz vor Kälte mit Reisig abgedeckt werden.

Ernte und Verwendung: Das Kraut wird im Sommer geerntet und in Bündeln schonend getrocknet. Junge Blätter und Triebspitzen lassen sich das ganze Jahr über frisch verwenden. Doch getrocknete Thymianblätter besitzen eine stärkere Würzkraft als frisches Kraut. Besonders eignet sich Thymian zum Würzen von Wild und kurz Gebratenem.

Ysop

Hyssopus officinalis

Der Ysop wächst leicht verzweigt, steil aufrecht und gehört zur Familie der Lippenblütler (Lamiaceae). Die erst in den letzten Jahren wieder bekannt gewordene Würzpflanze besitzt schmal-lanzettliche, hellgrün glänzende Blätter und wird 40 bis 80 cm hoch. Die hellblauen bis hellvioletten Blüten erscheinen ab Juli bis September. Ysop stammt ursprünglich aus dem Mittelmeerraum und Westasien. Bereits zu Zeiten der Benediktinermönche wurde der Ysop in Klöster- und Bauerngärten eingebürgert und als Heil- und Gewürzpflanze verwendet.

Standort: Der Ysop bevorzugt sandige, lockere Böden in sonniger und windgeschützter Lage. Die sehr dekorative Pflanze hat wegen ihrer Blütenpracht auch in Ziergärten oder Staudenbeeten ihren angestammten Platz. Man kauft die Jungpflanze in gut sortierten Staudengärtnereien oder sät sie ab März in Kästen aus und hält diese auf der warmen, sonnigen Fensterbank. Ins Freie werden die Pflanzen dann erst nach den Eisheiligen (Mitte Mai) im Abstand von 25 cm gesetzt. Ältere Pflanzen lassen sich durch Teilung leicht vermehren.

Pflege: Der anspruchslose Halbstrauch braucht nur bei starken Trockenperioden bewässert zu werden. Der Nährstoffbedarf ist gering. Lediglich auf kalkarmen Böden ist für eine ausreichende Kalkversorgung zu sorgen. Die Pflanze benötigt in frostgefährdeten Bereichen Winterschutz mit Reisig. Im Frühjahr kann bei Bedarf zurückgeschnitten werden.

Einsatz in der Küche

Ysop kann sowohl frisch als auch getrocknet als Gewürz verwendet werden. Zum Trocknen werden nur junge, nicht verholzte Triebe vor der Blüte geerntet. Da die Pflanze schwach bitter, aber minzeähnlich schmeckt, sollte man sie nur sparsam verwenden. Mit frischen und getrockneten Ysopblättern kann man Gemüsegerichte, Suppen und Salate würzen.

Heilkräuter

Baldrian

Valeriana officinalis

Der zu den Baldriangewächsen (Valerianaceae) gehörende und in ganz Europa heimische Baldrian gehört wohl zu den bekanntesten Arzneimitteln. Die ausdauernde Pflanze wird bei optimalem Standort bis 1,50 m hoch. Baldrian, auch Katzenkraut genannt, ist ausdauernd und wächst mit aufrechten hohlen Stängeln und großen gefiederten Blättern. Die weißlich bis rosa gefärbten Blüten erscheinen von Mai bis August. Baldrian ist bereits seit dem 9. Jahrhundert als Arzneipflanze bekannt.

Standort: Der Arzneibaldrian benötigt feuchten Boden und einen sonnigen bis halbschattigen Standort. Wer Baldrian in der freien Natur nicht findet, kann die Pflanze auch in Gärtnereien kaufen. Zur Vermehrung werden Wurzelstücke entnommen und im Abstand von etwa 50 cm in die feuchte Erde gesteckt. Baldrian kann auch im April ausgesät werden.

Pflege: Man sollte darauf achten, dass der Lichtkeimer nicht mit Erdreich bedeckt wird. Aufgrund des unangenehmen Geruchs, der Katzen anlockt, ist ein abgelegener Standort zu wählen.

Ernte und Verwendung: Als wirksamer Pflanzenteil wird ein Teil des Wurzelstocks der mindestens zweijährigen Pflanze verwendet. Die Stücke werden im Spätherbst ausgegraben und in Streifen geschnitten sorgfältig gedörrt. Ein daraus bereiteter Aufguss oder Kaltauszug wirkt beruhigend und krampflösend.

Frauenmantel

Alchemilla mollis

Der Frauenmantel ist eine in Europa weit verbreitete, ausdauernde Wildstaude. Die attraktiven Blätter sammeln den Morgentau, der wie silbrige Perlen aussieht. Die grünweiße Blüte erscheint von Mai bis in den Oktober. Robust und mit niederliegendem Wuchs dient die Pflanze als Bodendecker und Begleitstaude am Rand. Bereits im Mittelalter sagte man dem Frauenmantel Heilkräfte zu.

Standort: Der Frauenmantel gedeiht sowohl in der Sonne als auch im Halbschatten auf vorzugsweise feuchten, humosen, aber nur

wenig nährstoffhaltigen Böden. Dies macht das Wildkraut zur pflegeleichten Pflanze. Sowohl in der Kräuterwiese als auch im dekorativen Kräuterbeet wächst sie ausdauernd. Die Jungpflanzen sind im Gartencenter erhältlich und werden im Mai direkt ins Beet gepflanzt.

Pflege: In Trockenperioden muss bewässert werden. Bei optimalen Standortbedingungen breitet sich die Pflanze selbstständig aus; sie muss unter Umständen geteilt oder gar entfernt werden.

Ernte und Verwendung: Von Juni bis August erntet man das blühende Kraut oder einzelne Blätter. Ein Esslöffel des getrockneten Krauts dient zur Zubereitung einer Tasse Tee. Der Frauenmantel wird, wie der Name sagt, vor allem bei Frauenleiden angewandt. Äußerlich wirkt der Aufguss wundheilend und blutungsstillend.

Gänseblümchen

Bellis perennis

Das in ganz Europa wild verbreitete Gänseblümchen, auch Maßliebchen oder Studentenreserl genannt, gehört zur Familie der Korbblütler (Compositae). Das 5 bis 10 cm hohe Pflänzchen bildet eine grundständige Blattrosette und je nach Lichtverhältnissen einen leicht behaarten, bis zu 20 cm aufragenden Blütenstängel. Die Blüte erscheint nahezu das ganze Jahr über. Das Gänseblümchen ist eines unserer häufigsten Wegbegleiter und bereits seit der Zeit der Renaissance als Heilkraut bekannt.

Standort: Das Gänseblümchen ist sehr genügsam. Es gedeiht einerseits auf nährstoffarmen Böden, andererseits auch auf gedüngten Rasenflächen.

Pflege: Durch das Rasenmähen wird die lichthungrige Pflanze gefördert. Tritt schadet ihr kaum, auch ist sie gegenüber Rasengräsern konkurrenzstark. Das Gänseblümchen sät sich selbst aus.

Ernte und Verwendung: Das ganze Jahr über kann man die frischen Blätter und Blüten ernten. Als Zugabe zu Salaten und Suppen werden junge Blätter und kaum geöffnete Blütenstände verwendet. Als Breiumschlag lindern Gänseblümchen Schmerzen bei Stoßverletzungen und Quetschungen. Gänseblümchentee ist blutreinigend und harntreibend, deshalb ist er auch zur Entschlackungskur im Frühjahr geeignet.

Johanniskraut

Hypericum perforatum

Das Johanniskraut ist ein in ganz Europa verbreitetes Heilkraut aus der Familie der Johanniskrautgewächse (Hypericaceae). Schon seit alters her sagt man diesem Gewächs enorme Heilkräfte nach. Fast wunderlich ist die Vielzahl der überlieferten Anwendungsmethoden. Blüten und Blätter enthalten ölhaltige Zellen, aus denen beim Zerreiben blutroter Saft austritt. Die Pflanze wächst ausläufertreibend und verzweigt mit kurzen, spitz zulaufenden Blättern. Das Johanniskraut blüht gelb von Ende Juni (24. Juni Johannistag) bis Anfang Oktober.

Standort: Das Johanniskraut wächst in der freien Natur an Wegrändern, Böschungen und auf mageren Wiesen. Man sollte es im Garten daher auf nährstoffarmen, trockenen Böden in sonniger Lage ansiedeln. Da die Pflanze in der Natur häufig vorkommt, kann man sie sich leicht selbst besorgen. Auch in gut sortierten Staudengärtnereien oder im Versandhandel ist das Johanniskraut erhältlich.

Pflege: Einmal im Garten angesiedelt, ist das Johanniskraut beständig und konkurriert auch erfolgreich in Blumenwiesen. Besondere Düngung ist überflüssig, im Gegenteil, sie kann sogar sehr schädlich sein.

Ernte und Verwendung: Als heilkräftige Pflanzenteile werden Blätter und blühende Sprossspitzen während der Blüte gepflückt und dann schonend im Schatten getrocknet. Ein wirksames Nervenstärkungsmittel ist der aus getrockneten Blüten und Blättern zubereitete Tee.

Kamille

Matricaria recutita

Die Echte Kamille gehört zu der Familie der Korbblütler. Die ganze Pflanze riecht aromatisch und blüht mit weißen Zungenblüten von Mai bis Oktober. Sie ist in ganz Europa heimisch und wächst wild an Wegrändern, Schuttplätzen und Ackerrandstreifen. Kamille ist wohl die bekannteste Heilpflanze und findet in vielen Heilbereichen Verwendung. Wichtig ist die Unterscheidung von weniger wirkungsvollen Verwandten wie z. B. der Hundskamille. Leicht erkennbar ist die Echte Kamille durch die zurückgeklappten, weißen Zungenblüten der älteren Blütenstände und am innen hohlen, kegelförmigen Blütenboden.

Standort: Der Standort sollte sonnig, mit durchlässigem Boden sein. Gesät wird im Frühjahr direkt auf offenem Boden. Wichtig ist das Feuchthalten während der Keimphase über mehrere Wochen. Die einjährige Pflanze vermehrt sich durch Selbstaussaat.

Pflege: Die Echte Kamille stellt als Pionierpflanze nur geringe Ansprüche, Dünger ist nicht nötig.

Ernte und Verwendung: Die Blüten der Echten Kamille werden von Mai bis Oktober gesammelt und bei sonnigem Wetter im Schatten, nicht über 35 °C, getrocknet. Äußerlich verwendet man den Kamillenauszug bei Hautentzündungen und als Wundbehandlung. Bei Entzündungen des Zahnfleisches, der Mund- und Magenschleimhaut trinkt man den Kamillentee schluckweise über den ganzen Tag verteilt. Auch als beruhigender und krampflösender Tee bei Kleinkindern hat er sich bewährt. Die Kamille eignet sich außerdem hervorragend zum Färben von Wolle. Das getrocknete Kraut samt Blüten färbt hellgelb und intensiv leuchtend.

Lavendel

Lavandula angustifolia

Der Lavendel ist ein ausdauernder Halbstrauch aus dem Mittelmeergebiet und gehört zur Familie der Lippenblütler. Die buschig wachsende Pflanze besitzt schmale lange Blätter, die an der Unterseite grau-filzig sind. Der duftende Lippenblütler zeigt seine blauviolette Blütenpracht ab Juli bis September. Besonders in Südfrankreich wird die Pflanze zur Gewinnung von Aromaölen angebaut.

Standort: Die südländische Pflanze bevorzugt warme und sonnige Standorte. Der Boden sollte tiefgründig und locker sein. Nährstoffansprüche stellt die genügsame und trockenresistente Pflanze kaum.

Pflege: Der Lavendel ist nicht ganz winterhart, er sollte deshalb im Garten geschützt stehen. In frostgefährdeten Gebieten empfiehlt sich Winterschutz durch Abdeckung mit Fichtenreisig. Die Vermehrung durch Stecklinge, bei älteren Pflanzen durch Teilung, ist möglich. Man pflanzt den Lavendel bevorzugt in Steingärten, an der Terrasse oder in das Rosenbeet. Der Pflanzabstand sollte mindestens 40 cm betragen. Ältere Lavendelbüsche können nach der Blüte bis ins vorjährige Holz zurückgeschnitten werden.

Ernte und Verwendung: Die blühenden Sprossspitzen werden kurz vor dem völligen Aufblühen abgeschnitten. Zum Trocknen hängt man sie in Bündel an einen schattigen Ort. Als Aufguss wirken die Lavendelblüten zur Nervenberuhigung und zur Regulierung der Magen- und Darmtätigkeit. Dem Badewasser zugesetzt, regt Lavendel den Blutdruck an, entspannt und pflegt die Haut. Duftkissen der getrockneten Lavendelblüten werden seit Jahrhunderten als Mottenschutz zwischen die Kleider gelegt. Im Garten angepflanzt, hält Lavendel beispielsweise Blattläuse von Rosen ab.

Malve

Malva sylvestris

Die Wilde Malve ist in ganz Europa beheimatet. Wie für Vertreter der Malvengewächse (Malvaceae) kennzeichnend, sind die Staubblätter zu einer Säule verwachsen. Die Pflanze wächst niederliegend bis bogig aufrecht und erreicht eine Höhe von bis zu 80 cm. Die Blüten sind sehr dekorativ und erscheinen rosaviolett von Mai bis September.

Standort: Die Wilde Malve ist hauptsächlich an Wegrändern und Schuttstellen vertreten. Sie benötigt daher sandig lockeren, durchlässigen Boden. Das attraktive Kraut liebt einen sonnigen Standort. Es eignet sich hervorragend als Herbstblüher in Staudenbeeten.

Pflege: In der freien Natur muss man Malven nur in Trockenperioden gießen. Die Aussaat kann bereits im Frühjahr, etwa ab April, in den Kräutergarten erfolgen. Die Wilde Malve vermehrt sich als einjährige Pflanze durch Selbstaussaat und eignet sich durch ihre Konkurrenzkraft auch für die Blumenwiese.

Ernte und Verwendung: Man sammelt voll entwickelte Blüten und Blätter ab Mitte Juni bis September. Die Pflanzenteile werden einzeln im Schatten getrocknet. Um die Schleimstoffe möglichst in ihrer Wirkung zu erhalten, werden Blätter und Blüten kalt angesetzt. Der Tee wirkt beruhigend und wundheilend. Er ist wirksam bei allen Entzündungen im Magen-, Bronchial- und Lungenbereich sowie bei Entzündungen der Mundschleimhaut. Äußerlich als Breiumschlag angewandt, wirkt die Wilde Malve bei entzündlichen Hautveränderungen heilend.

Melisse

Melissa officinalis

Die Melisse, besser bekannt als Zitronenmelisse, ist eine mehrjährige, bis zu 40 cm hohe Staude aus der Familie der Lippenblütler. Die Pflanze stammt aus Südeuropa und wurde in Mitteleuropa hauptsächlich durch die Klostergärten verbreitet. Das aromatisch duftende Kraut ist schon seit alters her als Heil- und Gewürzpflanze bekannt. Ihre Berühmtheit erlangte sie wohl durch den bereits seit 1611 durch die Karmeliter hergestellten Melissengeist.

Standort: Die Melisse bevorzugt humosen, nährstoffhaltigen und leichten Boden in sonniger, aber windgeschützter Lage. Melisse ist in rauen Lagen frostgefährdet und sollte demzufolge im Winter mit Reisig abgedeckt werden. Alternativ kann man sie auch im Topf oder auf der Fensterbank kultivieren.

Pflege: Die Aussaat erfolgt im Mai, und zwar verteilt man die Saat in kreisrunde Flächen von 30 cm Durchmesser direkt in den Kräuter-

garten. Die entstehenden dichten Büsche wirken als Verdunstungsschutz für die trockenheitsempfindliche Pflanze. Da die Anzucht recht schwierig ist, kauft man Jungpflanzen besser im Gartencenter. In Trockenperioden muss sie gegossen werden.

Ernte und Verwendung: Heilwirksame Triebe und Blätter werden im Juni schattig getrocknet. Die Heilanwendung kann innerlich als Tee oder Gewürz, äußerlich als Aufguss für das Bad oder zur Wundauflage angewandt werden. Als Tee hilft Melisse gegen Nervosität, Einschlafstörungen und Migräne. Der Melissenauszug im Badewasser beruhigt und harmonisiert die Energien im Körper.

Pfefferminze

Mentha x piperita

Pfefferminze ist ein ausdauernder Lippenblütler, der bereits im 17. Jahrhundert in England als Tee verwendet wurde. Mentha x piperita bedeutet, dass diese Pflanze ein Kreuzungsprodukt aus zwei nahen Verwandten ist (Bachminze und Polarminze). Die Pflanze wächst mit aufrechten, rötlich gefärbten Stängeln bis zu einer Höhe von 60 bis 80 cm. Die im Juli und August erscheinenden Blüten sowie die Pflanzenteile duften stark nach Menthol. Da es viele unterschiedliche Züchtungen und Hybriden gibt, die zum Teil unangenehm duften, ist beim Kauf Vorsicht geboten.

Standort: Die Pfefferminze liebt leichte humusreiche und feuchte Böden. Sie wächst sowohl in der Sonne als auch im Halbschatten. Das flach verlaufende Wurzelwerk besitzt eine enorme Wuchskraft und breitet sich im Garten stark aus. Diese Ausbreitungskraft ist bei der Standortwahl zu beachten, da die Pflanze Nachbarn verdrängen kann. Man kauft Jungpflanzen oder besorgt sich Wurzelausläufer und legt diese Wurzeln 5 bis 10 cm tief im Abstand von 30 cm flach in den Boden.

Pflege: Als Startdüngung sollte Kompost eingearbeitet werden. Zu beachten ist bei der Pfefferminze besonders, dass der Boden gut feucht gehalten wird; in Trockenperioden ist sie täglich zu bewässern.

Ernte und Verwendung: Gesammelt werden Blätter und Triebspitzen vor der Blüte. Pfefferminztee wirkt durststillend und lindert Verdauungsbeschwerden. Heiß und in kleinen Schlucken getrunken, hilft er auch bei Migräne. Wichtig: Säuglinge und Kleinkinder sollten aufgrund des hohen Mentholgehaltes Pfefferminztee nicht oder nur in geringen Mengen zu sich nehmen.

Rainfarn

Tanacetum vulgare

Der Rainfarn gehört zur Familie der Korbblütler (Compositae). Die mehrjährige Staude wächst aus dem ausläufertreibenden Wurzelstock mit hohen doppelt gefiederten Blättern bis zu einer Höhe von 1,5 m empor. Die dekorative Pflanze blüht hellgelb von Juni bis September. Bereits die Heilige Hildegard nennt die in Mitteleuropa verbreitete Pflanze. Nicht nur wegen seiner Heilkraft, sondern auch als Mittel gegen Mücken, Motten und anderes Ungeziefer ist der Rainfarn weitläufig bekannt.

Standort: Der Rainfarn ist sehr anspruchslos. Er wächst bevorzugt auf trockenem, durchlässigem Boden in sonniger Lage. Durch die Wurzelausläufer vermehrt er sich selber. Da die Pflanze wuchert, sollte sie an einem eingeengten Standort angesiedelt werden. Zwei bis drei Pflanzen genügen. Dazu verwendet man am besten Pflanzen, die man aus der freien Landschaft ausgräbt. Eine besondere Pflege ist nicht notwendig. Pflanzt man Rainfarn an der Terrasse, wirkt die hoch wachsende, mit lindgrünen Blättern und schönen, hellgelben Blütendolden ausgestattete Pflanze dekorativ.

Ernte und Verwendung: Frisch gehackte Rainfarnblätter werden in kleinen Mengen zu Kuchen, Omelettes und Eiergerichten gegeben. Getrocknet verwendet man die blühenden Sprossspitzen. Daraus lässt sich beispielsweise als Aufguss ein wirksames Mittel gegen Darmparasiten, Magen- und Harnbeschwerden herstellen.

Ringelblume

Calendula officinalis

Die zu der Familie der Korbblütler (Compositae) gehörende Ringelblume, stammt ursprünglich aus dem östlichen Mittelmeerraum. Bereits Hildegard von Bingen beschrieb die Heilkraft dieser Pflanze. Über Kloster- und Bauerngärten verbreitete sich die Art in ganz Europa. Die einjährige Ringelblume ist in vielen Sorten erhältlich. Ihre leuchtend gelben bis orangefarbenen Blüten erscheinen von Juni bis Oktober.

Standort: Ringelblumen bevorzugen nährstoffreiche und feuchte Böden. Besonders in sonnigen Südlagen passen sie in Staudenbeete und Ziergärten. Die Aussaat erfolgt ab April im Reihenabstand von 30 cm direkt ins Freiland. Geduld ist angesagt, da die Keimung drei Wochen dauern kann. Gelangen Ringelblumen zur Samenreife, breiten sie sich oft selbstständig aus.

Ernte und Verwendung: Heilwirksam sind die voll entwickelten Zungenblüten. Die Blütenblätter werden möglichst bald nach dem Ernten schonend im Schatten getrocknet. Zur äußeren Anwendung, z. B. für Kompressen, werden 20 g Blütenblätter mit einem Viertelliter kochendem Wasser aufgegossen und nach zehn Minuten abgeseiht. Die Ringelblume wirkt bei kleineren Wunden und Hautentzündungen entzündungshemmend und wundheilend.

Walderdbeere

Fragaria vesca

Die Wald- oder Wilderdbeere wächst ausdauernd in den gemäßigten Zonen Europas und Asiens. Sofern der Boden geeignet ist, breitet sich dieser Vertreter der Rosengewächse (Rosaceae) auch im Garten aus. Von der Mutterpflanze lösen sich Ausläufer und besiedeln die Umgebung. Die bis zu 25 cm hohe Pflanze besitzt dreilappige, gestielte Blätter und blüht weiß von Mai bis Juli. Die leuchtend roten Scheinfrüchte sind wohlschmeckend und aromatisch duftend. Sie enthalten sehr viel Vitamin C, auch Mineralsalze sowie Gerbstoffe. Kulturformen der Erdbeere besitzen keine heilwirksamen Stoffe.

Standort: Walderdbeeren können in sonnigen bis halbschattigen Gartenbereichen gepflanzt werden. Der Boden sollte feucht und locker humos sein. Erdbeerpflanzen erhält man durch Teilung oder Abnahme der Ausläufer. Gepflanzt wird in Reihen im Abstand

von 30 bis 40 cm. Die Pflanzen bevorzugen eine geschützte Lage; sie wirken auch im Vorgarten, in kleinen Töpfen gepflanzt, sehr dekorativ.

Pflege: Walderdbeeren im Garten anzusiedeln ist nicht immer ganz einfach. Voraussetzung für das Gelingen ist ein strukturreicher, nährstoffarmer Boden. Einige Schaufeln Walderde (nicht aus Fichtenwäldern) mit der Gartenerde vermischt, bringen den richtigen Pflanzboden. Auf gut gedüngten lehmigen Gemüsebeeten kümmern die Walderdbeeren.

Ernte und Verwendung: Wirksame Pflanzenteile sind Blätter, Scheinfrüchte und der Wurzelstock. Blätter und Wurzelstock werden im Frühling geerntet und getrocknet. Als Aufguss wirkt der Erdbeerblättertee blutreinigend und stärkt die allgemeine Widerstandskraft. Der Wurzeltee hilft löffelweise getrunken gegen Durchfall.

Gartenkalender

Der Garten rund ums Jahr

Kräuter können Sträucher – also Gehölze – oder krautige Pflanzen sein. Hierbei sind wiederum mehrjährige Stauden und einjährige Arten zu unterscheiden. Danach richtet sich die Anzucht, Pflanzung und Pflege während des Gartenjahres, zumal die Gehölze (z. B. Salbei) und die Stauden (z. B. Pfefferminze) ausdauernde Bestände bilden, die ganzjährig draußen stehen. Die Einjährigen (z. B. Ringelblumen) werden dagegen jedes Jahr neu ausgesät. Der übersichtliche Kalender auf den folgenden Seiten zeigt alle Arbeiten, die in jedem einzelnen Monat anfallen.

Januar

- Rosmarin und andere Arten im Winterquartier versorgen.
- Saatgut und Pflanzen bestellen oder im Gartenmarkt besorgen.
- Samen aus eigener Ernte reinigen (z. B. Ringelblumen, Majoran etc.).
- Pikierkisten und Anzuchtgefäße vorbereiten.
- Substrate beschaffen (Anzuchterde etc.).
- Reifen Kompost im Backofen dämpfen (oder auf einem Campingkocher im Freien).
- Planung neuer Kräuterbeete und Anlagen wie Kräuterschnecken etc.
- Kataloge, Bücher und Zeitschriften besorgen.
- Frische Kresse auf der Fensterbank ziehen.

Februar

- Mehrjährige Arten im Winterquartier versorgen (gießen, lüften, hell stellen).
- Kataloge sichten, Saatgut besorgen, Pflanzen bestellen.
- Samen aus eigener Ernte reinigen und für die Aussaat vorbereiten.
- Kräuterbeete planen; auch Mischpflanzungen mit Gemüse, Rosen und Stauden.
- Erste Aussaaten von Langzeitkulturen (z. B. Lavendel) im Haus.
- Sämlinge rechtzeitig pikieren (in Töpfe vereinzeln).
- Anzuchthilfen herrichten (Töpfe reinigen, Pikierhölzchen besorgen etc.).
- Bei frostfreiem Wetter Boden vorbereiten (Beete lockern).
- Bodenuntersuchungen bei Bodenmüdigkeit durchführen (bei Anzeichen von kümmerlichem Wuchs im letzten Jahr).
- Boden mit Kompost oder verrottetem Mist verbessern.

März

- Rosmarin, Lorbeer und Kübelpflanzen abhärten (d. h. bei mildem Wetter das Winterquartier lüften).
- Saatgut auswählen und vorbereiten; Pflanzen bestellen.
- Anzucht von frostempfindlichen Arten (Kapuzinerkresse, Basilikum etc.) im Haus.
- Boden für die Aussaat und Pflanzung im Freien vorbereiten.
- Bei mildem Wetter erste Aussaaten (z. B. Ringelblumen) und Pflanzungen (z. B. Schnittlauch aus Topfkultur auspflanzen).
- Knoblauchzehen stecken (z. B. im Erdbeerbeet).
- Kräuter mit Gemüse und Zierpflanzen kombinieren (auch im Rosenbeet).
- Kräftige Sämlinge rechtzeitig pikieren (in Töpfe vereinzeln).
- Balkonbepflanzung mit Kräutern planen; Kräuter mit Sommerblumen kombinieren.
- Ausdauernde Kräuter durch Teilung vermehren (z. B. Pfefferminze, Schnittlauch).

- Frostschutz entfernen (bei Salbei, Lavendel und anderen nicht ganz winterharten Kräutern).
- Gehölzartige Kräuter schneiden (Salbei, Lavendel etc.).
- Staudenartige Kräuter rechtzeitig vor dem Austrieb zurückschneiden (Schafgarbe, Bibernelle, Pfefferminze etc.).

April

- Im Freiland Aussaat von Ringelblumen, Dill, Borretsch und weiteren robusten Arten.
- Im Haus Aussaat von empfindlichen Arten (z. B. Basilikum).
- Jungpflanzen in Töpfe vereinzeln (aus Saatkisten pikieren).
- Jungpflanzen abhärten; bei mildem Wetter geschützt ins Freie stellen.
- Rosmarin, Lorbeer und andere Kübelpflanzen ausquartieren (noch in Hausnähe halten).
- Rechtzeitig hacken und jäten, sobald sich Unkrautkeimlinge zeigen; auf Kräutersämlinge achten!
- Bei Trockenheit gießen.
- Kräuter in Kästen pflanzen; bei Frostgefahr schützen oder einräumen.
- Pflanzenschutz schon beim Auspflanzen vorsehen; vor allem Schneckenbarrieren

einsetzen (besonders bei Sämlingen und Jungpflanzen).
- Ernte bei ersten Arten (z. B. Schnittlauch, Petersilie) und bei Wildkräutern (z. B. Bärlauch, Knoblauchrauke).

Mai

- Aussaat und Auspflanzung aller Arten nach dem 15. Mai (auch Basilikum, Kapuzinerkresse und andere frostempfindliche Arten).
- Jungpflanzen im Gartenmarkt besorgen, wenn keine eigenen Sämlinge zur Verfügung stehen.
- Lücken in Gemüsebeeten und im Ziergarten für Kräuterpflanzung nutzen (z. B. Lavendel in Rosenbeete pflanzen).
- Beim Hacken in den Beeten vorsichtig vorgehen (keine Kräutersämlinge beschädigen oder jäten).
- Bewässerungssysteme rechtzeitig einrichten (z. B. Perlschläuche in die Kräuterbeete legen).
- Regenwasser zur Versorgung der Kräuter sammeln.
- Balkonkästen mit Kräutern bepflanzen.
- Ernte von Schnittlauch, Petersilie und anderen Arten; Wildkräuter wie Bärlauch und Knoblauchrauke pflücken.

Juni

- Noch ist Pflanzzeit für Kräuter in Töpfen (Angebote in Gartenmärkten nutzen).
- Aussaat von schnellwüchsigen Arten noch im Sommer (z. B. Kamille, Ringelblume, Kapuzinerkresse); Direktsaat auf Freiflächen oder in Lücken.
- Bewässerungssysteme einrichten (Perlschläuche ins Beet legen).
- Hacken und jäten in den Beeten (ohne Beschädigung der Sämlinge).
- Kräuter als Begleitpflanzen nutzen (z. B. Lavendel in Rosenbeete setzen).
- Balkonkästen bei Hitze ausreichend mit Wasser versorgen.
- Kräuter ernten und konservieren.
- Nachdüngen bei Mangelerscheinungen (insbesondere in Balkonkästen).
- Kräuter durch Stecklinge vermehren (z. B. Salbei).

Juli

- Bei Trockenheit gießen (möglichst durchdringend, nicht nur oberflächlich).
- Nach dem Gießen den Boden hacken.
- Bei Dauerregen vor Nässe schützen (z. B. Balkonkästen mit Folie abdecken).

- Nachdüngen in dichten Beeten (insbesondere bei Mangelerscheinungen).
- Noch ist Aussaat und Pflanzung möglich (z. B. auf freien Beeten oder in neuen Anlagen).
- Bei erhaltenswerten Arten Samen reifen lassen für die Ernte und Vermehrung im nächsten Jahr (z. B. Ringelblumen, Majoran).
- Bei mehrjährigen Arten Stecklinge schneiden (Salbei, Rosmarin etc.).
- Kräuter ernten und konservieren.
- Kräutergärten sichten und gute Arten für Pflanzung vormerken.

August

- Bei Trockenheit gießen (evtl. Urlaubsvertretung organisieren).
- Evtl. noch Bewässerungssystem einrichten (Perlschlauch im Beet auslegen).
- Noch ist Pflanzung möglich (mit vorkultivierten Topfpflanzen aus der Gärtnerei).
- Blüten für die Vase oder zum Trocknen (z. B. Lavendel) schneiden.
- Samen für die Ernte ausreifen lassen (z. B. Fenchel, Kümmel).
- Pflanzenschutz mit biologischen Mitteln (z. B. kranke Pflanzenteile abschneiden und vernichten).
- Stecklinge schneiden bei mehrjährigen Arten (Salbei, Rosmarin etc.).
- Knoblauch pflanzen (z. B. in ein Erdbeerbeet).

September

- An trockenen Spätsommertagen ist die Bewässerung weiterhin nötig.
- Samen ernten (z. B. bei Ringelblumen, Lavendel) für die Aussaat im nächsten Jahr sowie für die Küche (z. B. Fenchel, Kümmel).
- Frostschutz vorbereiten für empfindliche Arten (z. B. Kapuzinerkresse).
- Pflanzung von mehrjährigen Arten noch rechtzeitig im Spätsommer (oder auf das Frühjahr verschieben).
- Beete vorbereiten für Neuanlagen im nächsten Frühjahr (z. B. Rasenstücke umgraben zum Umwandeln in Kräuterbeete).
- Gute Arten notieren und vormerken für erneute Pflanzung in nächster Saison; weniger gute Sorten ausmustern.
- Kräuter ernten und konservieren.

Oktober

- Frostschutz für Salbei, Lavendel und andere nicht ganz winterharte Sträucher vorbereiten.
- Rosmarin, Lorbeer und andere frostgefährdete Kräuterbüsche einquartieren.

- Samen ernten bei Ringelblumen, Kapuzinerkresse etc. für die Aussaat im nächsten Jahr.
- Welke Pflanzen abräumen und kompostieren (Kapuzinerkresse und andere).
- Beete vorbereiten für Neuanlagen in nächsten Frühjahr (z. B. Rasenstücke umgraben zum Umwandeln in Kräuterbeete).
- Wasserleitungen und frostempfindliche Wasserbecken leeren.
- Petersilie auf dem Beet vor strengem Frost schützen (für die Ernte im Winter).
- Schnittlauch ausgraben und eintopfen zum Vortreiben im Haus.

November

- Welke Pflanzen abräumen und kompostieren.
- Beete vorbereiten für Neuanlagen in nächsten Frühjahr (z. B. Rasenstücke umgraben zum Umwandeln in Kräuterbeete).
- Frostschutz vorbereiten für empfindliche Arten (z. B. Kapuzinerkresse).
- Wasserleitungen und frostempfindliche Wasserbecken leeren.
- Mehrjährige Kräuter im Winterquartier versorgen (sehr wenig gießen, aber nicht vertrocknen lassen).
- Samen aus eigener Ernte reinigen (Lavendel, Ringelblumen etc.) und in beschriftete Papiertüten packen.
- Kresse auf der Fensterbank ziehen.
- Schnittlauch ausgraben und eintopfen (zum Vortreiben im Haus).

Dezember

- Planung für das nächste Jahr beginnen.
- Kataloge bestellen, Bücher und Zeitschriften besorgen.
- Saatgut von eigenen Pflanzen testen (Keimproben auf der Fensterbank).
- Wasserleitungen und frostempfindliche Wasserbecken leeren.
- Mehrjährige Kräuter im Winterquartier versorgen (sehr wenig gießen, aber nicht vertrocknen lassen).
- Kresse auf der Fensterbank ziehen.
- Winterharte Kräuter vor Kahlfrost schützen (Salbei, Lavendel und andere mit Nadelzweigen abdecken).
- Geräte, Anzuchthilfen etc. für die Kräuterpflege reinigen und aufbewahren (Scheren schleifen).
- Neue Werkzeuge aussuchen und bestellen (z. B. Blumenschere, Stecklingsmesser).

Material- und Werkzeugliste

Jedes neue Gartenprojekt erfordert eine intensive Planung. Um dabei nicht den Überblick zu verlieren, ist eine Checkliste sehr hilfreich, die im nachfolgenden Beispiel zur Anlage eines Kräuterbeetes dient. Diese Liste soll eine Anregung sein und lässt sich natürlich für jedes andere Projekt abwandeln und anwenden.

Checkliste für die Anlage eines Kräuterbeetes

Baustoffe (Steinbruch, Schotterwerk, Feldsteine)	**vorhanden**	**bestellt**	**noch zu besorgen**
Natursteine aus dem eigenen Garten oder im Freien gesammelt	■	■	■
Pflanzen	**vorhanden**	**bestellt**	**noch zu besorgen**
Kräuter in Töpfen (z. B. Bohnenkraut, Oregano, Salbei, Lavendel, Johanniskraut, Kamille, Pimpinelle oder Kräutersamen	■	■	■
______________________	■	■	■
______________________	■	■	■
(Platz für eigene Wünsche)			
Substrat, Bodenverbesserungsmittel	**vorhanden**	**bestellt**	**noch zu besorgen**
Kompost	■	■	■
Hornspäne	■	■	■
Sand zur Bodenlockerung	■	■	■
Geräte, Werkzeuge	**vorhanden**	**bestellt**	**noch zu besorgen**
Schubkarre	■	■	■
Holzrechen	■	■	■
Grabgabel	■	■	■
Handschaufel	■	■	■
Gießkanne	■	■	■
Handschuhe	■	■	■

Register

Absenker 38
Algenkalk 26, 34
Ausläufer 38 f., 72

Baldrian 7, 15, 33, 35, 38, 43, 65
Barbarakraut 7, 11 ff., 15 f., 30, 33, 42 f., 45
Basilikum 8, 10 f., 14 f., 23, 28, 30, 33, 36, 39, 42 f., 45 f., 75 f.
Beifuß 9, 12 f., 15, 33, 35, 43, 46 f.
Beinwell 7, 11 ff., 15, 30, 32 f., 38, 43, 47 f.
Biologischer Pflanzenschutz 77
Blattläuse 16, 40 f., 49, 68
Bodenverbesserung 7, 16, 26, 30, 46, 79
Bohnenkraut 7, 11, 30, 33, 35 f., 38, 40, 42 f., 48, 79
Borretsch 8 f., 11 ff., 14 f., 30, 33, 35, 43, 48 f., 75
Brennnessel 15, 33, 38, 40, 42 f., 49 f.

Dill 7 ff., 30, 33, 35 f., 40, 43, 50 f., 75
Direktaussaat 32
Düngen 9, 34, 43, 46, 76 f.
Erdbeere (→Walderdbeere)
Estragon 10, 12 ff., 15, 33, 36 ff., 43, 51 f.

Frauenmantel 65 f.

Gänseblümchen 9, 12 f., 15, 33, 35, 43, 66
Gesteinsmehl 34

Horn-Knochenmehl 34
Hornspäne 34, 79

Johanniskraut 7, 9, 14 f., 33, 35, 37, 43, 67, 79

Kalk 11, 24, 26, 34, 56, 64
Kamille 7, 9, 11, 13, 14 f., 30, 33, 35, 37, 42 f., 67 f., 76, 79
Kapuzinerkresse 12 f., 15 f., 33, 41 ff., 52, 75 ff., 78
Kerbel 7 ff., 11, 15, 30, 33, 35, 40, 43, 52 f.
Knoblauch 8, 15 f., 37, 40, 43, 53 f., 75, 77
Kräuterrabatte 27
Kräuterrondell 12, 27
Kräuterschachbrett 11
Kräuterspirale 11, 27, 30
Kräuterwiese 9, 43, 59, 66
Kresse 7 f., 12 ff., 33, 35, 40, 43, 54, 74, 78
Kümmel 7, 9, 15, 33, 35, 43, 77

Lavendel 7, 11, 13 ff., 16, 28, 30, 33, 35 ff., 40, 42 f., 68, 74 ff.
Liebstöckel 10, 13 ff., 32 f., 36 f., 38, 42 f., 55
Löwenzahn 14 f., 33, 43, 55 f.

Majoran 12, 14 f., 33, 38 f., 43, 56 f., 74, 77
Malve 9, 12 f., 14 ff., 33, 35, 42 f., 68 f.
Melisse (→Zitronenmelisse)

Oregano 7 ff., 11 ff., 30, 33, 35, 37 f., 42 f., 56 ff., 79

Petersilie 8, 10, 12, 15, 28, 33, 35 f., 39 f., 42 f., 58 f., 76, 78
Pfefferminze 9, 12 f., 15, 23, 32 f., 36 ff., 42 f., 70, 74 f.
Pimpinelle 7, 9, 11, 15, 30, 33, 35, 43, 59, 79
Porree 40

Rainfarn 9, 15, 33, 35, 40 f., 43, 71
Ringelblume 7 ff., 11, 13 ff., 30, 33, 37, 41 ff., 71 f., 74 ff.
Rosmarin 11, 13 ff., 28, 30, 33, 36, 38 f., 43, 59 f., 74 f., 77

Salbei 7, 11, 13 ff., 16, 23, 28, 30, 33, 35, 37, 38, 40, 43, 60 f., 74 f., 76 ff.
Sauerampfer 9, 15, 33, 35, 43, 61
Schädlinge 8, 32, 39 ff., 42
Schafgarbe 9, 13, 15, 33, 35, 43, 62, 75
Schnittlauch 7 ff., 11 f., 15, 30, 33, 35, 39, 42 f., 62 f., 75 f., 78
Schnittsellerie 11
Spinnmilben 40
Stecklinge 19, 32, 38, 43, 63, 68, 76 f.

Tagetes 41
Thymian 11 ff., 28, 30, 32 f., 35 ff., 42 f., 63 f.
Torf 25 f.

Überwintern 39, 51, 56, 60

Verjüngungsschnitt 37
Vermehrung 38
Vorkultivierung 20, 32 f., 58

Walderdbeere 7, 12, 15, 33, 35, 39, 42 f., 72
Weiße Fliege 40, 42
Wurzelausläufer 32, 38 f., 49, 70 f.

Ysop 12 ff., 33, 35 ff., 42, 64

Zitronenmelisse 8, 10 ff., 13, 15, 23, 30, 33, 35, 37, 43, 69 f.

Bildnachweis

Wir bedanken uns bei allen Bildlieferanten, die uns durch die Bereitstellung von Abbildungen freundlicherweise unterstützt haben.

djd/ deutsche journalisten dienste: djd/ Styx Naturcosmetic 23. fotolia.com: Joy Prescott 9; zimmytws 10; Elena Elisseeva 3, 12; Darko Despotovic 14; Alexander Bärenstein 4, 19, 20; sherez 24, 34; Oleg Kozlov 26; Monika Adamczyk 28; Simone van den Berg 36; Leonid Nyshko 37; Carina Hansen 38; Mirko Meier 39; Mario Giannini 44; unpict 54; Saussurea 55; Phototom 59; siamimages 4, 69; brigg 70; der Vierländer 72; Martina Berg 73; Shane Kennedy 4, 75; Irina Fischer 76 re.; Marty Kropp 77; Andrzej Tokarski 78 li.; MarieC 78 re.; Tobias Marx 10, 23, 28 (Hintergrundbild). Klosterfrau Gesundheitsdienst: 62. mauritius images: 17, 29, 31. Pixelio.de: magicpen 6; Kladu 5, 11; Joujou 3, 16, 47; bembelino 18; Alchemie 21; knipseline 41, 66; pixelbiene 45; kidcat 49; wrw 51; Bolliger Hanspeter 53; bobby46 58; marikakude 65; RainerSturm 74; kawey 76 li.. Oppenauer, Doris: 30. Weisl, Bettina: Schaufel-Symbol 17–30